O JARDIM

DOS

OSSOS NEGROS

A. Torres

Jorge Alonso

Copyright © 2024 Jorge Alonso.
Copyright da edição em português © 2024 Jorge Alonso.
Título: O Jardim dos Ossos Negros.
Título original em espanhol: *El Jardín de los Huesos Negros.*
Jorge Alonso e A. Torres Salabarías, 08/10/2024.
Tradução: Jorge Alonso.
Revisão: Patrícia A. da Silva.
Ilustrações: A. Torres Salabarías.
Capa: Fermín Vega.
ISBN: 978-65-01-21636-2

Dados Internacionais de Catalogação na Publicação (CIP) (Câmara Brasileira do Livro, SP, Brasil)

Salabarías, A. Torres
O jardim dos ossos negros / A. Torres Salabarías, Jorge Alonso ; tradução Jorge Alonso Lima. -- 1. ed. -- São Paulo : Ed. dos Autores, 2024.
Título original: El jardín de los huesos negros.
ISBN 978-65-01-21636-2
1. Ficção juvenil I. Alonso, Jorge. II. Título.
I. Vega, Fermín. II. Título.

24-237151   CDD-028.5

Índices para catálogo sistemático:

1.   F1. Ficção : Literatura juvenil   028.5

Eliane de Freitas Leite - Bibliotecária - CRB 8/8415

Apresentação

Como reagir quando os alicerces que sustentam seu mundo são abalados? O que fazer quando, diante de você, abrem-se caminhos desconhecidos, que podem conduzir à satisfação de todos os seus desejos ou à aniquilação do seu ser e de toda a Criação? Como agir quando, contra você, levantam-se poderes que escapam ao alcance da razão e aos limites da imaginação?

Dilemas como estes são enfrentados pelos protagonistas das histórias contidas neste livro. Nesta antologia de contos de Horror Cósmico, os autores partem do contexto lovecraftiano dos Mitos de Cthulhu para tecer aventuras que desafiam a sanidade dos personagens. Nelas, seres extraterrestres, conhecimento oculto, livros malditos e entidades primordiais espreitam, com seus poderes sedutores e terríveis.

Esperamos, caro leitor, que aproveite a leitura.

SUMÁRIO

SOBRE OS AUTORES

A. Torres Salabarías é um jovem escritor, apaixonado por histórias de Ficção Científica e Horror.

Além de seu trabalho como escritor, ele também trabalha na criação de tirinhas humorísticas, ilustrações e histórias em quadrinhos de diversos gêneros.

Neste livro, aventura-se na literatura, com contos do subgênero Horror Cósmico.

Jorge Alonso é um escritor apaixonado por literatura de Ficção Científica, Fantasia e Horror e um grande amante dos clássicos. Possui formação universitária em Contabilidade e Ciência da Computação e mestrado em Ciência da Computação e Gestão do Conhecimento.

Colaborou com Fermín Vega na saga de fantasia *Auróris, As Crônicas não Contadas*.

Na presente obra, ele incursiona no gênero Horror, com o objetivo de contar histórias divertidas, que forneçam para o leitor um escape do mundo real e que o transportem para um mundo distante da tediosa rotina.

PRÓLOGO

Durante os primeiros anos da segunda década do século XXI, período em que escrevo estas linhas, houve um aumento substancial na quantidade de "conteúdos" baseados ou fazendo referência à obra do escritor estadunidense Howard Phillip Lovecraft.

A grande maioria dos criadores desses "conteúdos" segue o mesmo *modus operandi*. Primeiro, executa-se o ritual de tecer uma série de críticas às ideias do autor, porque tais ideias ferem profundamente as delicadas sensibilidades atuais, esquecendo, estrategicamente, que, à medida que Lovecraft envelhecia e amadurecia, sua forma de pensar também mudava e ficava mais moderado; uma vez terminada essa diligência, procede-se a colher os frutos suculentos que brotaram das sementes plantadas pelo criador dos Mitos de Cthulhu.

Por mais de cem anos, os críticos têm dessangrado tinteiros e martelado teclados com o objetivo de apontar as falhas no estilo; a falta de maturidade, profundidade e qualidade literária dos trabalhos de Lovecraft. No entanto, a prosa do autor possui a indiscutível habilidade de criar uma atmosfera singular e envolvente, que prende o leitor desde as primeiras linhas e o conduz, jogando magistralmente com suas emoções, até finais surpreendentes e inesperados.

É que as histórias do escritor de Providence têm a capacidade de nos sequestrar da nossa rotina e nos arrastar, gradualmente, para uma realidade em que o fino verniz da normalidade, ao ser rasgado, expõe um conjunto de seres para os quais a Humanidade, com todas as suas criações e conflitos, é completamente insignificante, não passa de um mero brinquedo, uma peça trivial em um jogo cuja escala e complexidade não somos capazes de entender.

Como um verdadeiro mestre do ofício, Lovecraft conseguiu combinar diversos elementos, como os clássicos da literatura universal, as narrativas de horror gótico, conhecimentos científicos, seu domínio enciclopédico da sua nativa língua inglesa, as não poucas vicissitudes de que padeceu e suas próprias visões de mundo, no cadinho de sua fervorosa imaginação. Como resultado, temos as monumentais peças do subgênero que, a meu ver, é um dos mais difíceis de dominar: o Horror Cósmico.

Neste subgênero, a fonte do medo não é, em última instância, o dano ou tortura física; tampouco são, como tem ficado mais ou menos consagrado pelas representações visuais, os monstros gigantes, cheios de tentáculos e muito menos a condenação da alma imortal. Não, o motor que gera a inquietação, a apreensão e o terror é a descoberta gradual de verdades que esmagam os alicerces mais fundamentais que sustentam as pressuposições, os esquemas heurísticos e a estrutura moral dos personagens nestas histórias.

Os protagonistas, de maneira geral, chegam a um fim pior que a morte física, padecem da perda da razão, da sanidade e da identidade, os bens mais preciosos do ponto de vista humanista, que era a corrente de pensamento dominante na época em que Lovecraft viveu. Dessa forma, a filosofia que sustenta o Horror Cósmico ataca frontalmente o antropocentrismo, retirando o ser humano do centro da criação e relegando-o a uma insignificância insuportável.

Embora os trabalhos literários de Lovecraft tenham atraído um número crescente de admiradores e exercido uma enorme influência em grande quantidade de escritores, roteiristas e criadores de diversas formas de entretenimento, tiveram um sucesso muito limitado com o grande público, durante a vida do autor. As causas do fracasso geralmente listadas incluem o vocabulário rebuscado de suas obras e a excêntrica complexidade das ideias e temas abordados.

Talvez, o tema mais interessante apresentado, implicitamente, nas histórias lovecraftianas seja a importância do conhecimento. A busca pelo saber pode ser tanto o caminho para a perdição irremediável quanto o acesso às pouquíssimas ferramentas capazes de proporcionar a oportunidade de alguma resistência às forças do desconhecido.

Já que Lovecraft sempre incentivou a utilização de suas criações, especialmente aquelas relacionadas aos Mitos de Cthulhu, os autores deste livro decidiram fazer esta pequena homenagem à obra desse grande escritor.

Oferecemos aos leitores um conjunto de contos de Horror Cósmico. Em nossas histórias, os personagens enfrentam situações excêntricas e terríveis que os levam aos limites de suas capacidades. Nosso objetivo é deixar à sua disposição um meio de entretenimento e, quem sabe, arrancar-lhes algum sobressalto. Adentrem neste caminho, por sua própria conta e risco.

Boa sorte!

VIAGEM NA ESCURIDÃO

Um enorme clarão avermelhado filtrou-se pelo para-brisa. Foi tão intenso que fez a Yenny fechar seus olhos dourados até quase perder o controle do carro.

O primeiro pensamento maluco que ocorreu à jovem foi que, em algum lugar não muito distante, tinha explodido uma bomba nuclear ou caído um meteorito. Com um leve sorriso na sua boca pequena, ela descartou a ideia. Naqueles lugares esquecidos por Deus e pelos homens, nada de emocionante acontecia nunca.

Como não teve nenhum estrondo, nem sinal de onda de choque para apoiar as suas teorias, Yenny girou o botão do rádio para ficar atenta a qualquer notícia sobre alguma catástrofe na região. As emissoras transmitiam apenas programas frívolos para entreter os ouvintes noturnos. Nada sobre eventos que pudessem quebrar aquela rotina tectônica.

A garota riu da ideia de ser a única testemunha do intenso clarão que tinha desenhado as silhuetas arredondadas dos distantes *mogotes* no horizonte da planície infinita.

Naquela região, não faltavam histórias de coisas estranhas e luzes misteriosas que eram vistas no céu, depois da meia-noite. Pelo que contavam, cada vez que aparecia uma daquelas luzes, no dia seguinte, sempre descobriram que tinha sumido alguma vaca.

A verdade é que o mistério não durava muito. Geralmente encontravam o animal poucos dias depois, perdido no mato fechado ou caído numa das *cacimbas* que tanto abundavam na região. Yenny suspeitava que os moradores locais inventavam tudo isso para combater o tédio interminável de viver ali.

"Quando chegar em casa vou falar desse clarão esquisito com a mamãe, afinal a velhinha sabe de tudo", pensou.

O único oásis de entretenimento eram as histórias que sua mãe lhe contava. Aquela mulher tinha conhecimento enciclopédico sobre o mundo. Muitas vezes a garota tinha visto a velha mulher aconselhando os moradores da região sobre como resolver uma enorme variedade de coisas.

Yenny muitas vezes se perguntava por que sua mãe, sendo uma pessoa tão culta e bem preparada, tinha ido viver naquele fim do mundo, arrastando-a consigo.

Na sua modesta casa, na periferia do povoado, um dos quartos era ocupado por uma biblioteca muito bem abastecida. Desde muito jovem, Yenny teve acesso a todos os livros da coleção. Bom, a quase todos.

Tinha lá um livro muito esquisito que só sua mãe podia ler e que ela guardava zelosamente em uma ornamentada caixa de metal, fechada com um cadeado de aparência antiga.

Certa vez, num descuido, a caixa ficou aberta, à mercê da curiosidade da então pequena Yenny. E a menina não perdeu a oportunidade.

Pelo que ela lembrava, o volume era bastante velho, de aparência amarelada e vetusta. O título continha palavras que a fizeram pensar em alguma nojenta doença contagiosa. Algo como... *"Diarem"*... talvez *"Viarem Carcosa."*

—*"Viarium quae Carcosa"*, —murmurou a jovem, quase inconscientemente.

De qualquer forma, a mãe a surpreendeu antes que ela pudesse abrir o livro. Após uma bronca exemplar, puniu-a por duas semanas e escondeu o objeto de tal forma que Yenny nunca mais o viu.

A garota nem insistiu em procurá-lo, pois passou dois meses tendo vívidos pesadelos com aquela maldita coisa. Em seus sonhos apareciam-lhe monstros indescritíveis que saíam do próprio livro. A mais sombria das entidades era o que ela descrevia como "Um velho sem rosto cheio de panos amarelos".

A jovem afugentou todas essas lembranças. Isso tinha ficado no passado e ela queria pensar, apenas, no futuro.

No próximo ano, ela começaria a Universidade. Desnecessário dizer que sua mãe não achou graça quando a menina expressou seu desejo irrevogável de sair daquele marasmo de tédio infinito e conhecer o resto do mundo. Por algum tempo a velha mulher ficou muito chateada, mas, finalmente aceitou.

"Embora a velhinha seja um pouco superprotetora, ela sempre me deixa feliz", pensou a jovem, sorrindo.

Yenny sintonizou o rádio em uma frequência que tocava música pop relaxante e cantarolou junto as músicas transmitidas pelo aparelho enquanto tentava vislumbrar algo além do feixe de luz dos faróis. Queria achar um passatempo para se distrair.

Lá fora estava bem escuro. Apenas a estrutura de aço que se movia em alta velocidade a separava da escuridão que engolia por completo os arbustos espinhosos dos dois lados da estrada. Os faróis do carro dissipavam as trevas somente num espaço limitado, como uma espécie de farol apontando seu feixe de luz através das ondas de campos de pastagens, médio tomados pelo *marabú*, que circundavam a estreita linha de asfalto pela que avançava.

Fazia pouco tempo, Yenny tinha tirado sua carteira de motorista e era a primeira vez que dirigia naquela estrada deserta tão tarde da noite. Ela pensou que seria muito desagradável sofrer um acidente ou o carro quebrar num lugar como aquele, no meio do nada.

Perdida em seus pensamentos, demorou a perceber o obstáculo na via. Pisou no freio com força e os pneus cantaram no asfalto. O carro da garota parou a poucos metros do veículo estacionado no meio da estrada.

Nas margens da estrada não tinha nada além de imensas extensões de plantas espinhosas e isoladas palmeiras, qualquer sinal de civilização ficava a quilômetros de distância.

O caminho estava completamente bloqueado. Yenny buzinou algumas vezes, mas, não obteve resposta.

Relutante, puxou uma lanterna do porta-luvas e se preparou para sair do veículo, para investigar a situação.

Ela destrancou a porta e saiu.

—Olá, tem alguém aí? —perguntou, em voz alta, enquanto caminhava com cautela.

Com um sobressalto, ela notou algo na sua frente.

Parecia ser um homem sentado no asfalto. Estava meio curvado, sem falar nem se mover. A luz poderosa da lanterna iluminava as costas da figura, mas, a cabeça do indivíduo estava inclinada sobre o peito num ângulo que deu arrepios à jovem.

A situação estava se tornando um tanto perturbadora. Em contraste com o interior aconchegante do carro, fazia frio lá fora. Frio demais para aquela época do ano.

Yenny percebeu o silêncio e a tranquilidade insondáveis do lugar. Ela estava acostumada com os sons habituais do mato. Por isso lhe pareceu muito estranho não ouvir nem mesmo o canto de um grilo. A mera presença daquele indivíduo parecia ter afugentado todos os seres vivos numa boa distância.

Nas margens da estrada não tinha nada além de imensas extensões de plantas espinhosas e isoladas palmeiras, qualquer sinal de civilização ficava a quilômetros de distância.

Sob tais circunstâncias, Yenny pensou que talvez tivesse que rebocar o carro do homem até o próximo posto de gasolina. Porém, a ideia de estar no mesmo espaço que aquele estranho indivíduo não lhe agradava.

—Senhor, você está bem? Precisa de ajuda? —perguntou.

Mas, não obteve resposta. O sujeito misterioso nem sequer se virou para olhar à jovem. Depois de repetir a pergunta, um breve momento de silêncio se passou até que o indivíduo respondeu muito sério e com um tom quase severo.

—Preciso encontrá-lo.

Algo na voz do sujeito pareceu muito estranho para Yenny. Talvez fosse por causa do tipo de zumbido que ele fazia quando falava, algo semelhante ao leve bater das asas de uma abelha.

O que aquele homem tinha perdido na estrada escura? Talvez ele tenha saído do carro e deixado cair o chaveiro?

Várias coisas pareciam não bater bem naquela situação. Era como um quebra-cabeça mental que, em lugar de ser montado, se desfaz peça por peça, deixando muitas lacunas e espaços vazios bastante intrigantes.

A próxima peça a sair, repentinamente, do lugar foi a forma como o carro do sujeito estava estacionado. O veículo bloqueava toda a estrada, impedindo a passagem.

Sentindo que seria extremamente perigoso dar as costas ao cada vez mais suspeito indivíduo, Yenny caminhou, de costas, até o carro, parado.

Ela tentou empurrar o veículo para desobstruir a passagem. Mas, a sua mão não encontrou nenhuma superfície sólida e a jovem perdeu o equilíbrio.

O suposto carro nada mais era do que uma ilusão. Uma espécie de brilho fraco emanava do chão projetando a imagem do veículo. Ao passar a mão pela miragem, a luz tremeluziu como uma falha na tela do telefone.

"Um holograma? Mas, como é possível? Eu sei que essas coisas já são comuns, mas, nunca ouvi falar de uma tão perfeita. O que diabos está acontecendo aqui?" pensou a jovem.

A frágil calma que a menina mantinha desmanchou-se como um quebra-cabeça atingido por uma marreta e todas as suas peças espalharam-se pelos cantos de sua mente. Seus instintos gritavam para ela sair dali o mais rápido possível.

O sujeito levantou-se, com um salto impossível. Em uma velocidade assustadora, ele caminhou até ficar na frente da Yenny. A garota sentiu um nó no estômago quando a luz de sua lanterna iluminou o rosto do estranho. Algo não estava certo com aquele rosto.

As feições eram surreais, artificiais. Aquilo era uma máscara mórbida que cobria Deus sabe quê características alienantes. Como se aquele indivíduo macabro tivesse arrancado o rosto de alguém para colocar o couro flácido sobre a própria face.

—Eu preciso encontrá-lo, —ele sussurrou com uma voz horrenda e vibrante, sem sequer mover os lábios. —Ela o tem. Eu devo obtê-lo. Você é o caminho. Você vai me levar até ele.

O ser pronunciou as palavras com o volume certo e no tom exato para arrancar o mais atávico grito de terror da Yenny.

Esse indivíduo aterrorizante não tinha boas intenções.

A menina começou a correr, apavorada, em direção ao único refúgio de salvação possível naquele momento. Seu carro.

Percorrer a curta distância que a separava do carro custou-lhe um enorme esforço. Parecia-lhe que estava correndo em um pesadelo, no qual não importa o quão rápido você se mova, simplesmente não avança.

Depois do que pareceu uma eternidade, ela conseguiu chegar ao carro. Com as mãos tremendo de terror, abriu a porta.

Já sentada no banco do motorista, pronta para pisar no acelerador e não diminuir a velocidade até chegar em casa, ela percebeu com um choque repulsivo que "aquela coisa" que a perseguia, cambaleando de maneira grotesca, tinha alcançado ela e estava tentando abrir a porta. Yenny ativou seguro com um tapa histérico.

O abominável monstro disfarçado de humano inclinou-se sobre a janela. A aberração examinou o interior do carro. O movimento fez com que a máscara nauseante caísse sobre o vidro. O objeto fez um som desagradável e deslizou pela superfície, deixando um rastro de gosma grudenta.

Yenny gritou novamente.

O que a perseguia era um ser diferente de tudo que existe neste mundo. A coisa não tinha olhos ou qualquer outro tipo de característica facial. Era um nojento ser extraterrestre, com uma massa disforme de tecido avermelhado cheio de protuberâncias onde deveria estar seu rosto.

A jovem chorava, implorando ao carro que a tirasse dali o mais rápido possível. Mas, o motor do veículo não respondia às voltas contínuas e abruptas da chave de arranque.

O horrível ser do outro lado do vidro parecia gostar dos gritos, prantos e súplicas desesperadas de sua vítima, cujo único refúgio tinha se tornado uma ratoeira. As reações frenéticas da jovem aterrorizada pareciam divertidas e até patéticas diante da percepção fria e da inteligência crua daquela entidade, emergida dos abismos do cosmos.

Aquela criatura alienante, talvez tivesse sido criada com maléficas intenções, sob o brilho de um titânico sol avermelhado e tivesse vindo de além da órbita do gelado Yuggoth. Qual seria o seu objetivo? Acaso queria estudar ou talvez até consumir outras formas de vida, abduzindo e arrastando suas vítimas para as profundezas da galáxia?

Cansado daquela brincadeira, o ser aberrante levou a mão à cintura e aparentemente ativou algum dispositivo, pois a porta do carro, na qual Yenny depositara toda sua confiança e segurança, simplesmente deixou de existir. A garota gritou novamente quando impensáveis apêndices escuros se projetaram do corpo da criatura tocaram sua pele e começaram a envolver seu corpo.

O grito de terror perdeu-se entre os espinhos dos *marabuzales*, sob a luz fria e indiferente das estrelas.

—Eu preciso encontrá-lo, —repetia a voz horrenda e vibrante. —Ela o tem. Eu devo obtê-lo. Você é o caminho. Você vai me levar até ele.

Já passava da meia noite e aquela menininha não tinha voltado para casa.

A mãe andava de um lado para o outro, olhando inquieta para o relógio em intervalos cada vez mais curtos. A velha mulher estava muito ansiosa e nervosa. Yenny era sua única filha e ela estava com medo de pensar que algo tivesse acontecido com ela.

Só de imaginar que a sua amada criança estivesse sozinha no escuro, naquela hora, lá fora, já lhe dava arrepios. Então, quando a campainha tocou, ela correu até a porta.

A velha mulher sentiu um imenso alívio no peito ao ver pelo buraco da porta que a sua filha tinha chegado por fim.

—Você acha que esta é hora de chegar, mocinha? —disse, colocando os braços na cintura enquanto abria a porta. —Você me deixou muito preocupado, viu? O que aconteceu? Por que você não reage? Você não tem nada a dizer?

—Você me ensinou a não interromper enquanto os mais velhos falam, certo? —respondeu a recém-chegada com uma frieza que deixou a mãe atordoada.

—Sim... É verdade, mas, esperava algum tipo de reação sua. Um protesto ou, não sei, uma explicação, por mais absurda que seja. O que há de errado com sua voz? Você está resfriada ou algo assim?

—Não, mãe.

—Olha, eu sei que você está numa idade em que quer viver ao máximo cada momento e cada experiência. Estou ciente de que muitas vezes decisões impulsivas levam à perda da noção do tempo. Acredite, eu também passei por essa fase. Mas, por favor, filha, procure aprender a respeitar os horários que lhe dou para voltar para casa. É para o seu próprio bem. De acordo?

Respondendo à gentil resposta da mãe, que tinha levantado a mão para acariciar ternamente seu rosto inexpressivo, a menina tentou sorrir. O resultado foi algo muito mais parecido com uma contração dolorosa.

O horrível e forçado ricto na boquinha da jovem fez a velha mulher gelar com um arrepio de repulsa.

A mulher afastou-se daquela figura e recuou lentamente até bater numa pequena mesa encostada na parede.

—Oh, meu Deus, —disse a mulher, horrorizada, —você não é minha filha.

Furtivamente, ocultando o movimento com o corpo, acionou um mecanismo escondido na mesa e extraiu do compartimento secreto um objeto alongado, envolto em um pano escuro. Sem perder de vista o ser que tinha a aparência de sua filha querida, procurou, tateando com dedos trêmulos, uma das pontas do embrulho.

A sombria imitação falou secamente, com uma voz que parecia vibrar no fundo de sua garganta.

—Eu preciso encontrá-lo, —sussurrou a voz desconcertante. —Você o tem. Eu tenho que obtê-lo.

—O que você fez com minha filha, seu monstro? —murmurou a mulher, desembrulhando o objeto nas costas. Uma chama de raiva brilhou, feroz, em seus olhos dourados. —Eu juro que se você a machucou, vai me pagar de uma forma que nunca lhe ocorreu em sua mente distorcida e nojenta. Onde está minha garota?

—Ela era apenas o caminho. Apenas um meio de chegar até ele.

A mulher, movendo-se incrivelmente rápido para alguém de sua idade e peso, colocou os braços na frente do corpo, adotando uma postura de luta. Suas mãos seguravam uma longa adaga preta. Ao longo da lâmina da arma, brilhando em uma cor vermelha intensa, tinha uma fileira de símbolos estranhos.

—Você o tem. Eu tenho que obtê-lo repetia o ser com a aparência de Yenny enquanto sua mão começava a se mover em direção a sua cintura.

DESAPARECIMENTO

—Qual é, Bocão, você sabe muito bem que eu nunca faria mal a ninguém, muito menos a ela! —gritou o jovem, trancafiado, enquanto agarrava, desesperadamente, a grade da cela.

—Já falei para se dirigir a mim como suboficial Pérez. Recebemos ordens para manter você detido até que cheguem os agentes da capital provincial. —respondeu o policial, guardando a chave da cela. —Eles vão tomar seu depoimento oficial, —e acrescentou, baixando a voz, adotando um tom mais pessoal, —Cairós, meu velho, no que vocês se meteram?

—Não, eu sei, Bocão, não sei, mas, juro que vou descobrir.

—Já lhe disse que é o suboficial Pérez, —disse o policial enquanto se afastava da minúscula cela e se dirigia à porta da delegacia. —E você ficará aí até que cheguem ordens para que o soltemos—a voz do policial voltou ao tom normal de autoridade.

Em nenhuma das inúmeras vezes que Cairós passou em frente à minúscula delegacia do pequeno *batey* onde nasceu e cresceu, ele pensou que um dia estaria sentado no banco de concreto da única cela do estabelecimento. O fato adicional de que quem o mantinha lá, era, ninguém menos que o Bocão, com quem tinha estudado desde a pré-escola até ao ensino médio e que agora era o agente responsável por aquele lugar, não teria lhe ocorrido ao jovem, nem nos seus piores pesadelos.

O que mais exasperava Cairós era que ele tinha ido voluntariamente à delegacia justamente para avisar para o Bocão, agora suboficial Pérez, da sua profunda preocupação por Lucía. E aquele idiota tinha enganado-o, fazendo-o entrar na cela e deixando-o trancado, dizendo-lhe que haviam recebido um telefonema da capital da província para encontrá-lo e mantê-lo preso, até novas ordens.

Cairós sacudiu a grade de ferro, com violência inútil, enquanto gritava vários insultos para seu ex-coleguinha de escola. Depois de desabafar um pouco, Cairós sentou-se novamente no banco desconfortável. O que o atormentava era a ideia insidiosa de que enquanto ele estava sentado ali, sem fazer nada, Lucía poderia estar em perigo.

Quando o ar empoeirado do local começou a ficar vermelho com a chegada do crepúsculo, Cairós ouviu o som de um carro estacionando no cascalho solto em frente à estação. Ele apurou os ouvidos, mas, não conseguiu entender as palavras proferidas no saguão do recinto.

—Ei, parem de perder tempo e comecem a fazer algo para...

Uma figura apareceu no corredor que levava à cela. Era um homem magro, de estatura ligeiramente acima da média. Usava mocassins de couro que, apesar do óbvio uso intenso, estavam meticulosamente limpos. Vestia calças de tecido sintético, de uma cor entre o marrom e o amarelo. Uma *guayabera* amarela clara, de manga curta, com a esperada coleção de canetas no bolso do peito, completava o *look*. O recém-chegado tinha um bigode bem cuidado, embora um pouco frondoso demais, que combinava com o corte de cabelo sóbrio e com o penteado para o lado esquerdo. Sobre os olhos ele usava óculos escuros estilo *papillon*, com lentes iridescentes e armadura dourada. Nas mãos carregava uma agenda com algum logotipo impresso em relevo nas capas de couro escuro.

Cairós sentiu uma vaga sensação de desconforto. Ele lembrou que tinha se sentido assim durante o serviço militar, quando uns homens que se identificaram como investigadores da Polícia Militar fizeram algumas "entrevistas" sobre o desaparecimento de três recrutas, que mais tarde se descobriu terem caído em um poço cego.

—Uma cadeira, por favor, —pediu o recém-chegado com uma voz completamente apática.

O suboficial Pérez trouxe o móvel e o colocou diligentemente em frente ao portão fechado. Ele fez uma tentativa tímida de permanecer no lugar, mas, depois de um olhar frio do homem bigodudo, foi embora.

O recém-chegado sentou-se rígido na cadeira e cruzou uma perna para servir de apoio à sua agenda. Sem tirar os óculos, virou algumas páginas com dedos longos e manchados de nicotina.

O homem, com parcimônia, tirou um maço de cigarros do bolso e acendeu um usando um arcaico isqueiro de querosene com corpo de bronze. Apagou a chama com um movimento hábil que fechou a tampa do objeto, emitindo um clique metálico. Sem olhar para ele, ofereceu o maço a Cairós, cujo desconforto inicial deu lugar a uma impaciência crescente.

Tossindo por causa da fumaça, o jovem rejeitou a oferta balançando a cabeça.

—Olhe, em vez de perder tempo aqui a gente deveria... —Cairós começou a dizer, mas, a voz apática do bigodudo o interrompeu.

O recém-chegado começou a ler sua agenda.

—Cairós Díaz Aragón, 22 anos, cursando o quarto ano de engenharia química na Universidade Central e natural de...—fez uma pausa para olhar ao redor, —esta comarca.

O jovem dentro da cela concordou com um aceno de cabeça e começou a falar novamente.

—Eu não sou importante, quem pode estar em perigo é...

—Lucía Clara Jara Caraballo, 22 anos, cursando o quinto ano de artes plásticas na Academia de Belas Artes e natural desta comarca, —o homem sentado na cadeira soltou uma abundante nuvem de fumaça pelo nariz fino, levantou os olhos das páginas e olhou diretamente para Cairós.

Alguém apertou um interruptor e uma precária lâmpada incandescente inundou a sala com uma anêmica luz amarelada.

—Você pode me explicar, —continuou o homem com sua voz apática, —o que o faz pensar que a companheira Lucía possa estar em perigo?

O jovem, sem se levantar do banco, endireitou as costas, apoiando os cotovelos nos joelhos, aproximou a sua cabeça ao interlocutor e olhou para ele. Viu seu próprio rosto refletido duplamente nas lentes tingidas pelo tom amarelado da lâmpada. Respirou fundo e começou a falar.

—Conheço Lucía desde que éramos crianças, aliás, acho que a primeira lembrança que tenho é vê-la, numa festinha de aniversário, com um vestido branco e alguns laços dourados na cabeça. Ela, ignorando a festa, tentava pegar um buquê de *romerillo*. Os caules não cediam, então fui lá, arranquei as flores e entreguei para ela. Ela olhou para mim com seus grandes olhos cor de mel e me perguntou: "Você quer ser meu amigo para sempre?" Na época eu não tinha ideia do que significava "para sempre", mas, disse que sim. Devíamos ter uns quatro anos na época.

O homem sentado na cadeira havia tirado uma das canetas que trazia no bolso da *guayabera* e aparentemente estava pronto para fazer anotações quando surgisse algo que lhe interessasse. Por enquanto ele não tinha escrito nada.

—Sempre brincávamos juntos, embora sua família fosse muito rígida com ela e, desde muito jovem, seus pais a obrigassem a fazer muitas horas de estudo sobre assuntos meio... —Cairós fez uma pausa, —excêntricos.

—Você consegue definir o que entende como "excêntrico"? —questionou o homem sentado na cadeira enquanto acendia outro cigarro.

—Bem, para começar, línguas estrangeiras. O pai dela é britânico ou algo parecido e ela aprendeu a falar o inglês quase junto com a nossa língua, depois lhe ensinaram francês, alemão e até latim e grego antigo. Aos quinze anos ela conseguia ler uma Bíblia muito antiga que estava na biblioteca de sua casa, que ela disse estar em aramaico.

—A família era religiosa? —questionou o bigodudo enquanto escrevia algo em sua agenda.

Cairós mexeu-se desconfortavelmente em seu assento duro.

—Não creio que fossem necessariamente religiosos, mas, sim bibliófilos. Eles tinham uma biblioteca enorme, com livros muito antigos e diferentes.

—Você já leu esses livros?

—Não tenho a mesma facilidade para idiomas que Lucía. Ela até tentou me ensinar alguma coisa, mas, as letras não são minha praia, prefiro números.

—Mas, você viu o conteúdo deles?

—Principalmente as gravuras, Lucía adorava ver as imagens daqueles livros e desenhá-las. Quando éramos crianças passávamos muito tempo brincando e desenhando, deitados no chão da biblioteca de casa. Lucía tinha um gosto particular por charadas, jogos de palavras e esse tipo de coisa, mas, o que ela amava mesmo era desenhar. Todos ficaram surpresos quando ela, em vez de se formar em Língua Inglesa ou Filologia, ingressou na Academia de Belas Artes. Eu não fiquei surpreso, sempre soube que sua verdadeira paixão são o desenho e a pintura.

—Qual era a relação da companheira Lucía com a família?

—Eles se davam muito bem, mas, quando o pai fez valer a cidadania espanhola para sair do país e Lucía não quis acompanhá-los, tiveram sérias discussões.

—O pai dela não era britânico? Como é que ele tinha cidadania espanhola?

Cairós coçou a cabeça.

—Olhe, não conheço bem a história, mas, parece que os parentes de Lucía eram aristocratas que emigraram das Ilhas Britânicas para o sul da Espanha. Pelo que entendi, o sobrenome original da família era Hare ou O'Hare e mudaram para Jara, acho que para soar mais espanhol. Eles até têm um brasão de armas, é vermelho com uma lebre preta, está no mosaico no chão da biblioteca da casa deles...

O homem na cadeira fazia anotações rápidas em sua agenda. Vendo que o jovem não tinha muita vontade de continuar falando, tomou novamente a iniciativa.

—Por que a companheira Lucía deixou passar a oportunidade de sair do país e se separou-se da sua família?

—Bom, naquela época ela estava muito feliz com a sua carreira e... a nossa amizade tinha se tornado algo mais... —Cairós sentiu a pergunta no silêncio do bigodudo, —já estávamos namorando, —esclareceu o jovem. —Embora a separação da família a tenha deixado chateada por um tempo, ela o superou e fomos muito felizes. Acho que foi o ano mais feliz da minha vida.

O som da ponta da caneta passando sobre o papel da agenda dominou a sala até que o homem sentado na cadeira acendeu outro cigarro. A fumaça se acumulava em uma nuvem etérea no teto manchado.

—Mas, a felicidade acabou, né? —questionou a voz apática do bigodudo, —o que aconteceu?

—Tudo começou a dar errado quando ela começou o estágio no museu provincial. Tendo em conta as suas competências, foi chamada para catalogar e restaurar alguns livros antigos que se encontravam no porão do prédio. O trabalho de Lucía consistia, principalmente, em reproduzir as gravuras desses livros porque os volumes estavam em tão mau estado que nem sequer podiam ser digitalizadas sem se transformarem em pó. Um dia ela chegou toda animada. Ela me contou que no acervo em que trabalhava tinha um volume muito antigo, do qual ela tinha lido algumas referências nos livros de seu pai, mas, que nunca tinha encontrado um exemplar. No dia seguinte ela ia começar a trabalhar com aquele volume.

—Você se lembra qual era o título do livro?

—Na época, não dei muita importância, —continuou Cairós, absorto, ignorando a pergunta do interlocutor. — A verdade é que quase ignorei o que Lucía dizia, pois eu estava focado em estudar para a prova final de Orgânica. Esse foi o começo da mudança. À medida que trabalhava na maldita coisa, ela ficava mais obcecada com o conteúdo. Começou a escrever notas em línguas cada vez mais estranhas e a desenhar símbolos esquisitos em seu caderno. Mais de uma vez ela me acordou falando durante o sono em línguas que eu nem conheço. Agora entendo que eu deveria ter feito algo naquele momento...

—O título do livro... —insistiu o homem sentado na cadeira.

—Hum, —Cairós respondeu com um leve sobressalto, ele tinha se perdido por um momento em seus próprios pensamentos. —O quê?

—Você se lembra do título do livro no qual a companheira Lucía estava trabalhando?

—"Viarium quae Carcosa", —respondeu Cairós. — Significa algo como "Dos Caminhos que levam a Carcosa", ou algo parecido.

—Me disse que as letras não são sua praia e acontece que você fala latim.

—Eu mal falo a nossa língua, —respondeu o jovem, — Lucía me disse que essa era a tradução aproximada do título. Na verdade, ela passou semanas falando constantemente do maldito livro, sobre pistas escondidas para chegar a uma cidade maravilhosa onde ela finalmente poderia encontrar tudo o que queria saber, ou coisas assim. Eu estava muito ocupado com as provas finais, então não dei muita atenção.

Cairós escondeu o rosto entre as mãos e pareceu soluçar. O homem na cadeira olhou para ele através dos óculos dourados.

—A última vez que a vi foi há três dias. Ela estava emaciada e desgrenhada. Quando me abraçou percebi que não tomava banho há muito tempo. Mal consegui entender o que dizia porque falava numa mistura ininteligível de línguas. Ela estava com a mochila nas costas e insistiu que iria fazer algum tipo de viagem. Pensei que voltaria para acá. Mas, quando passei pela casa dela, não estava lá. Não encontrei nenhum vestígio dela. Vim à polícia pedir ajuda e vocês me trancaram aqui.

O bigodudo, com sua habitual parcimônia, tirou dos lábios o cigarro quase totalmente consumido. A chama já estava perigosamente perto do frondoso bigode. Ele jogou a bituca de cigarro no chão ao lado das outras e disse.

—O que mais você sabe sobre o livro?

—Não sei mais nada sobre o maldito livro. A primeira vez que ouvi dele foi há alguns meses, quando Lucía começou a falar sobre a maldita coisa e, como já contei, não prestei muita atenção, mas, imagino que tenha algo a ver com a mudança no comportamento dela.

—Tem certeza de que você não está escondendo informações de mim?

—Não estou escondendo nada! São vocês que estão perdendo tempo enquanto Lucía está em perigo.

O jovem, exaltado, levantou-se abruptamente e agarrou-se violentamente à grade.

—Como você tem tanta certeza de que a companheira Lucía está em perigo? —perguntou o impassível homem na cadeira.

Cairós acalmou-se e encostou-se na grade. Ele abaixou a cabeça e respondeu em voz baixa.

—Como já lhe contei, hoje de manhã, fui à casa de Lucía. Desde que começamos a namorar, ela me deixou uma chave. No começo pensei que ninguém tinha estado por lá há algum tempo. Porém, no chão da biblioteca, ao redor do mosaico com o brasão da família, havia algo... escrito com o que parecia ser sangue seco. *"Memento quoniam in crepusculo lepus cito currit."* Lembro que isso fazia parte de uma cantiga que o pai da Lucía cantava para ela quando ela era criança, era algum tipo de tradição familiar.

O jovem fez uma pausa, mas, sentiu o olhar das lentes amareladas perfurando-o, forçando-o a continuar. Ele respirou fundo e continuou falando.

—Lucía me explicou que significa algo como "lembre-se que ao entardecer a lebre corre rápido", porque, no passado, seus ancestrais foram acusados, na sua região de origem, de fazer coisas horríveis, como bruxaria, canibalismo e pactos com demônios do centro da Terra. É por isso que eles fugiram, como a lebre. Ela costumava me dizer que adoraria saber mais sobre a história de seus antepassados. Encontrar mais informações sobre o tema. Mas, seu pai sempre lhe disse que há coisas que é melhor deixar esquecidas no passado, porque, mesmo depois de tanto tempo, podem atrair a ruína e a perdição. E agora ela está desaparecida...

Cairós, com ar derrotado e cabeça baixa, permaneceu com os antebraços pendurados para fora da cela.

O homem sentado na cadeira levou um cigarro novo aos lábios e tirou o isqueiro de bronze.

De repente as luzes se apagaram. O ambiente mergulhou em uma escuridão abissal.

Antes que pudesse reagir, o jovem sentiu seus braços serem puxados para fora com enorme força. Seu rosto foi violentamente pressionado contra a grade. Ele sentiu uma voz assustadora sussurrando em seu ouvido.

—Para onde levaram o livro? Onde está a semente? Não tente me enganar porque saberei imediatamente se você estiver mentindo.

—Não sei do que você está falando. Nunca vi o maldito livro. E que diabos é essa semente?

Uma vaga explosão foi ouvida à distância. A força que mantinha Cairós pressionado contra a grade desapareceu repentinamente. O jovem recuou, ofegante, até bater no banco e cair de bunda no duro concreto.

A lâmpada incandescente acendeu. O homem continuava sentado em sua cadeira. Ele não parecia ter se movido. Acendeu o isqueiro e aproximou a chama do cigarro. Puxou profundamente a fumaça e soltou uma baforada considerável.

Sons de agitação começaram a vir de fora. Uma sirene uivou ao longe.

Com enorme parcimônia, o homem sentado na cadeira guardou a caneta no bolso e fechou a agenda. Jogou o resto do cigarro no chão e esmagou-o com o pé.

—Não tenho obrigação de informá-lo disso, mas, você parece sinceramente preocupado com a companheira Lucía. O museu provincial denunciou o desaparecimento de um volume muito antigo em cuja restauração a companheira Jara estava trabalhando. Além disso, falta também uma joia rara, pertencente ao acervo de uma antiga e, no passado, abastada família da capital da província. Com as informações que temos até agora, podemos concluir que a companheira Lucía Clara Jara Caraballo é a responsável pelo roubo desses bens, que foram usados para financiar a sua saída ilegal do país que, neste momento, já deve ter sido consumada.

Cairós estava prestes a protestar, apontando o óbvio absurdo das declarações que acabara de ouvir quando o Bocão entrou abruptamente no corredor. O policial estava agitado e ofegante.

—A casa dos Jara pegou fogo! —gritou. —O transformador da esquina teve um curto-circuito e parece que caíram faíscas no teto. Os bombeiros estão lá.

O homem bigodudo levantou-se e, enquanto se dirigia para a saída, disse com sua voz apática.

—Terminei aqui, suboficial Pérez. Você pode soltar o companheiro Díaz.

O Bocão demorou alguns momentos para reagir, mas, finalmente procurou a chave e abriu a grade.

Cairós saiu correndo da delegacia bem a tempo de ver que outro sujeito, de aparência tão intrigante quanto aquele que o tinha interrogado, chegou caminhando em passo acelerado e entrou no carro onde o bigodudo o esperava. O veículo deu partida e saiu em velocidade um pouco excessiva, deixando para trás uma nuvem de poeira na agitação da noite.

Longe podia-se ver o brilho do fogo e ouviam-se os gritos dos bombeiros combatendo as chamas. O Bocão também saiu da estação.

—Quem são esses caras? —perguntou Cairós.

—São da capital da província... —o policial respondeu um pouco confuso, encolhendo os ombros.

—Vou dormir, Bocão, se você quiser me prender de novo pode ir me procurar na minha casa, —disse Cairós enquanto começava a andar.

—Já falei que é suboficial Pérez.

Cairós dormiu mal, com o sono perturbado por vagos pesadelos. Acordou tarde, mais cansado do que quando foi dormir.

Era um dia frio, com céu cinzento e ameaça de garoa. O mundo parecia deprimente e terrivelmente vazio.

Ele pegou sua jaqueta e foi até a casa dos Jara. Não tinha sobrado muito da majestosa construção de madeira. O trabalho dos bombeiros já tinha terminado e o local estava deserto.

Com cuidado, o jovem caminhou por entre os escombros queimados até chegar ao local onde antes ficava a biblioteca. Para sua surpresa, a área estava libre de detritos. Apesar do fogo e da água, no chão, ao redor do mosaico com o brasão da família Jara, estava, indelevelmente, a mensagem enigmática que acendera a chama da sua preocupação.

"Como é possível que ainda esteja aqui?"

Cairós passou a sola do sapato em uma das letras sem que o traço fosse afetado.

Soprou uma rajada de vento frio, obrigando o jovem a proteger as mãos nos bolsos da jaqueta. Num deles seus dedos encontraram algo inesperado.

Ele puxou um pequeno pedaço de papel, enrolado em um cilindro apertado. Ele desdobrou cuidadosamente o rolo.

Apesar do efeito de loucura, a letra de Lucía era inconfundível.

"Ela deve ter colocado isso aí para mim quando me abraçou da última vez."

No papel estava escrito:

"CHANCE
51 12 44 23 42 12 27
64 41 22 49 56"

Desde criança tinha notado que a pastilha de cerâmica que formava o olho da lebre, em lugar de ser quadrada como as outras, tinha uma forma hexagonal e um tamanho bem maior do que as outras. Na época não tinha dado importância a esse detalhe, mas, agora...

O jovem sorriu. Chance era como Lucía o chamava em seus momentos mais afetuosos. Como ela tinha lhe explicado, a palavra *kairós*, em grego antigo, significava "momento apropriado ou oportuno", ou seja, a oportunidade de fazer algo. Lucía lhe dissera tantas vezes que, para ela, ele era a chance de ser feliz.

Sem dúvida, a nota enigmática era uma das charadas que eles costumavam resolver para se divertir quando crianças, naquele lugar, sentados naquele mesmo mosaico.

Só que naquela época a estranha mensagem indelével não estava lá.

A compreensão iluminou a mente de Cairós como um raio. Aquelas letras faziam parte do enigma.

"Tenho sete palavras de, no máximo, dez letras, então…"

Aos poucos ele decodificou a mensagem de Lucía. No final as letras formaram duas palavras. *"Leporem oculo."*

Cairós olhou em volta para verificar se ninguém o observava. Não tinha ninguém por perto. Ajoelhou-se sobre o mosaico e examinou o desenho do brasão.

Desde criança tinha notado que a pastilha de cerâmica que formava o olho da lebre, em lugar de ser quadrada como as outras, tinha uma forma hexagonal e um tamanho bem maior do que as outras. Na época não tinha dado importância a esse detalhe, mas, agora…

O jovem passou o dedo indicador sobre a pastilha diferente. O objeto afundou alguns milímetros e voltou ao nível normal quando Cairós retirou o dedo.

Quase por instinto, Cairós começou a pressionar e soltar a peça de cerâmica ao ritmo da música tradicional da família Jara. Um mecanismo respondeu à pressão fazendo a pastilha subir e descer. Depois de sete toques, o olho da lebre se projetou do chão. Era uma caixa hexagonal de dez centímetros de comprimento.

Quase febrilmente, Cairós ativou a fechadura do objeto, que abriu com um clique. Dentro havia um rolo de papel e uma bolsinha de veludo.

O jovem desdobrou a folha. Na caligrafia inconfundível de sua amada, Cairós leu.

"Chance, meu amor, encontrei a oportunidade de aprender mais sobre o passado da minha família. Tenho a certeza de que, nos salões de Carcosa, onde se guarda todo o conhecimento que houve e que haverá, poderei aprender o que tanto quero saber. Segui as pistas e estou pronta para percorrer as trilhas. Eu sei que você vai querer me seguir, por isso deixo para você uma semente de conhecimento. Não tenho dúvidas de que você também conseguirá encontrar a rota.

Ama-te para sempre, Lucía."

Cuidadosamente, Cairós extraiu o conteúdo do saco de veludo. Pendurada em uma fina corrente de prata, uma pequena pedra em forma de lágrima balançava no ar. Tinha uma superfície incrivelmente polida e embutido no objeto o jovem viu um estranho símbolo de formato estranho e cor amarela.

Cairós apertou com força a pequena pedra em sua mão. Em voz baixa ele praguejou sob o céu cinzento.

—Eu vou te encontrar, Lucía, mesmo que tenha que virar a Criação de ponta cabeça, eu vou te encontrar. Espere por mim, por favor!

A alguns quarteirões dali alguém jogou, pela janela de um carro estacionado, uma bituca de cigarro na rua molhada. Dentro do veículo, uma voz apática comentou.

—Outra semente foi plantada.

O TESOURO DA SERPENTE

Em tardes como esta, caminhando pela praia em frente à minha cabana, deixo as lembranças voarem como as gaivotas que mancham a imensidão azul do mar. Elas acordam na minha mente, atormentada por aquele ser horrível, os detalhes da atroz aventura que uma vez empreendi por aqueles distantes montes da loucura.

Depois de completar minha rotina de percorrer a ilhota deserta onde me encontro auto recluso devido à maldição que deforma meu corpo e minha mente, sento-me sob o sol quente e deixo minhas memórias pousarem além dos férteis vales y suas plantações do tabaco, nos morros que cercam a terrível gruta onde nasceu minha maldição. Repasso na minha memória a desastrosa cadeia de eventos e me torturo pensando no que poderia ter feito de diferente para evitar que tudo chegasse a um final tão trágico.

Como médico formado na distante Espanha, diagnostiquei doenças muito raras e até consegui curar muitos dos meus pacientes. Mas, nunca vi nada parecido com esse mal que está corroendo minha própria carne.

Também dediquei muito tempo ao estudo da zoologia, sendo essa a minha segunda grande paixão. Vi, ao longo da minha vida, espécies de beleza incalculável e outras de feiura indescritível. No entanto, a imagem daquela fera na caverna continua a corroer meus nervos, nas noites solitárias.

Direi, apenas, que há coisas que deveriam ter morrido há milhares de anos, quando os homens estavam aprendendo a se cobrir com peles. Essa aberração não era um animal, mas, um demônio. É ela a causa da doença monstruosa que hoje me desfigura.

Como é possível que, em breve, chegue ao fim dos meus dias, preparo-me para contar tudo o que aconteceu. Talvez a minha história sirva para evitar que outros tenham um destino tão desastroso como o que carrego.

Tudo começou com o Barão, assim conhecido porque, tendo uma personalidade reservada e misantrópica, ninguém sabia o seu verdadeiro nome. Para falar a verdade, a única coisa que se sabia com certeza era a sua origem, na região dos Pirenéus. Embora aquele senhor, sem dúvida, tivesse sangue azul, seu título de nobreza estava sendo questionado.

O homem tinha servido na Marinha Real da Espanha, tendo adquirido cargos no Almirantado, mas, corria um certo boato de que ele também fazia parte de bandos de piratas e até de que era capitão de um deles.

Pude ouvir estes rumores tanto da ralé como dos membros da alta sociedade da Villa de San Cristóbal de La Habana. Eu nunca me dignara a acreditar nesses boatos. Porém, era inegável que a pessoa tinha um temperamento estranho, beirando o desagradável.

O Barão morava na Rua Aguiar, perto da Praça da Catedral, num tétrico casarão de estilo barroco. Fazia longas viagens, deixando seu mordomo sozinho naquele lugar sombrio durante semanas. Ambos eram homens tão tenebrosos quanto o lugar onde moravam.

Às vezes, porém, o Barão passava tanto tempo trancado em sua mansão que despertava a suspeita dos vizinhos. Eles o viam chegar em sua carruagem com cortinas e ao entrar na mansão ele ficava dias sem voltar a sair.

As pessoas sussurravam coisas como: que ele sempre voltava com o saque de alguma cidade assaltada, como o suposto pirata que era; que ele tinha viajado pela Nova Espanha e que adorava os deuses mortos e as crenças dos astecas, que em seus confinamentos, ele praticava bruxaria e outras bobagens do gênero.

Eu, como homem de ciência, claramente não prestei atenção a tantas sandices. Nenhum cavalheiro em sã consciência daria ouvidos a tais fofocas obscurantistas em pleno 1789. No entanto, as coisas que aconteceram depois destruíram muitas das minhas convicções.

Mas, agarro-me à ideia de que tudo o que fiz foi motivado pela nobre intenção de salvar a vida de María. Quero pensar que foi uma decisão sensata.

Face ao que já foi dito, falarei da jovem que é o fulcro sobre o qual assenta-se toda esta história. Uma pessoa diametralmente oposta ao tenebroso Barão.

María, uma linda donzela *criolla* de olhos cor de mel, que andava nas ruas com um lenço vermelho na cabeça, vendendo buquês de flores por toda a cidade.

Ela era certamente tímida, mas, impregnava tudo ao seu redor com cor e perfume. Eu sempre a cumprimentava quando passava e muitas vezes comprava dela lindos buquês, dando-lhe um beijo na mão como gorjeta. Sem dúvida, poucas coisas em La Habana eram tão agradáveis como conversar com uma dama tão bonita. Também era lindo ver como ela falava com igual humildade, tanto com um mendigo quanto com um nobre.

Um dia, durante uma das minhas caminhadas rotineiras, uma sensação desagradável tomou conta de mim ao passar em frente à mansão do Barão. Vi como o nefasto cavaleiro, sob o pretexto de comprar flores, iniciava uma conversa com minha jovem amiga.

Parecia uma conversa cordial, como a que María oferecia a todos, mas, aquele homem exalava uma malignidade que, de alguma forma pude perceber. Bastou um olhar para eu notar que nenhuma intenção daquela pessoa sinistra para com minha linda amiga poderia ser boa. Graças a Deus por ter seguido esse palpite, porque, se tivesse ignorado o chamado dos meus instintos, só Deus sabe aonde estaria hoje a alma da doce María.

Na tarde seguinte, encontrei minha jovem amiga e, como sempre, ela me cumprimentou com um sorriso. Depois de uma pequena conversa, não perdi tempo e, valendo-me da confiança que tínhamos um no outro, perguntei-lhe sobre aquele encontro.

—Ah, o senhor está falando do Barão da Rua Aguiar. Sim, ele é uma pessoa que paga muito bem e até dá gorjeta. Sinto vergonha de receber tanta atenção. Ele é generoso, mas, muito sério. O senhor nos viu conversando?

—Acontece que eu passava por lá... vossa mercê não acha que eu estava lhe espionando, acha?

Olhei para ela e ela sorriu, ficando com a cara corada. Depois de um breve silêncio, ela disse que o Barão gentilmente, perguntara sobre ela, que respondeu com franqueza a todas as perguntas, sem suspeitar de suas intenções. O sinistro homem tinha questionado sobre o nome dela, há quantos anos ela morava aqui e de quem era filha, ao que ela respondera que era órfã, desde pequena. Ela ressaltou que, ao dizer isso, os olhos do cavaleiro se iluminaram, como se lhe tivesse sido revelada a localização de um baú de ouro.

Quando María perguntou o nome do fidalgo, o esquivo homem não respondeu, e depois de mais uma gorjeta despediu-se, educadamente.

Eu não sabia por que o sinistro Barão tinha tanto cuidado em revelar sua identidade, mas, fiquei preocupado com sua abordagem à minha inocente amiga. Não é função de um nobre cavalheiro perguntar sobre o passado e aspectos pessoais de uma dama.

Despedi-me de María. Ela, com sua alegria habitual, dobrou a esquina e... ali, junto com outras carruagens, estava o veículo do sinistro Barão. Certamente, o moreno condutor tinha estacionado o veículo naquele momento por ordem de seu patrão, para falar com a jovem. A carruagem sombria, puxada por um cavalo árabe de raça pura, parecia engolir a luz do dia.

Com um sobressalto e a mesma sensação da primeira vez, aproximei-me da parede adjacente. Eu espiei cuidadosamente a cena.

O suposto aristocrata estava com metade do corpo para fora da porta da carruagem. Vestia uma jaqueta azul escura e um chapéu do tipo tricórnio de marinheiro com pena de arara.

María o atendeu, com sua gentileza. Disfarçadamente, pude ouvir o que o sinistro homem lhe dizia, quase como um sussurro.

—E vossa mercê está indo muito longe?

—Só vou até San Isidro, meu senhor, não se preocupe.

—Por favor, eu insisto. Olha, vai escurecer e tenho certeza de que vossa mercê vai querer chegar em casa antes de cair a noite.

Havia algo naquele homem que me lembrava a furtividade de uma cobra, talvez sua aparência ou quiçá o modo como ele falava. Fosse o que fosse... Não passava uma boa impressão.

—Insisto, senhor, e agradeço sua gentileza, mas, como vê, minha cesta ainda está cheia. Hoje não foi um bom dia de vendas para mim. Com licença.

—Nesse caso, proponho um acordo. Veja, eu compro todas as flores e vossa mercê me deixa levá-la para casa. Parece-lhe bem?

—O senhor está falando sério mesmo? —seus olhos dourados brilharam de alegria diante do olhar ofídico do Barão. —Não sei o que te dizer.

—Vossa mercê pode começar com "sim, eu aceito".

Ambos riram. Ela subiu na carruagem, ajudada pela mão de seu comprador e acompanhante.

—Sério, não consigo achar uma forma de lhe agradecer.

Eu não conseguia ver o rosto dela. Tenho certeza de que ela estava corada de vergonha com tal gesto de suposta gentileza.

—Por favor, senhorita, —disse o barão, sibilante, enquanto María se sentava no banco à sua frente. — Somente com a sua presença estou mais que satisfeito.

O tétrico Barão fechou a porta da carruagem e deu ordem ao cocheiro para sair. O veículo passou na minha frente. Abaixei a cabeça, fingindo olhar para o meu relógio de bolso, mas, fiquei de olho neles.

Pelo menos uma luz de alarme teria acendido para qualquer um diante da estranha atitude do Barão. Um homem com uma vida oculta, carregando uma vítima em potencial em sua carruagem, sem pais ou ninguém para defender a honra da minha jovem amiga. Essa situação presta-se à prática de assassinatos, estupros ou qualquer outra atrocidade.

Minha falta de ação naquele momento abriu as portas para o infortúnio que se abateu sobre nós. Se eu tivesse agido poderia ter evitado os acontecimentos horríveis que nos atingiram e, quem sabe, até esta doença desconhecida que me promete um futuro pior que a morte. Hoje, arrependo-me, amargamente.

Depois que a carruagem passou na minha frente, senti um profundo desconforto ao saber que María estava lá dentro. A voz cristalina da jovem foi suplantada pelos gritos obscenos dos vendedores de frutas e feno, pelas risadas estridentes das crianças na rua e pelo estalar dos cascos dos cavalos que passavam pela rua.

Quase não notei nenhuma dessas coisas. Senti-me dominado por um sentimento de culpa. O cheiro de peixe e excremento de cavalo parecia me acusar, em contraste com o perfume ausente dos príncipes negros, dos cravos e dos girassóis vendidos pela María.

Talvez tudo tivesse sido parte de uma sugestão minha. Eu estava julgando terrivelmente um homem ao qual eu mal conhecia. Era possível que o Barão não tivesse más intenções, que fosse até alguém bom, e as fofocas das pessoas alimentaram minha sugestão. Então, pensando nessas coisas, disse a mim mesmo, resolutamente... "Se ela não aparecer amanhã, irei imediatamente procurá-la".

Acreditando que esta solução seria um bálsamo para a minha consciência, voltei para casa. Mas, naquela noite, não consegui dormir.

Tive pesadelos terríveis nos quais vi esse homem nojento abusando fisicamente da minha amiga, proferindo louvores em uma linguagem ininteligível. A figura era apenas uma silhueta de olhos brilhantes, mas, eu sabia que era ele, com os cabelos até a nuca, o tricórnio decorado com uma pena, lembrando piratas tão sangrentos quanto *El Holonés*. Mas, havia algo mais nos sonhos. Uma figura que não consegui distinguir bem. Algo como uma espécie de serpente enorme que apareceu atrás, com olhos verdes e vidrados.

Nesse momento acordei suando frio. Eu não aguentava mais. Eu tive que sair e procurá-la. Minha consciência clamava por isso, tomada por um sentimento terrível e ruim. Ele tinha que saber que María estava segura. Eu não poderia... eu não deveria esperar até a manhã seguinte.

Então, me preparei para sair em busca da jovem. Eu me armei com minha garrucha e uma adaga. Sabia, mais ou menos, aonde morava a minha amiga, por isso segui a pé até Peña Pobre, percorrendo toda a extensão de Compostela. Cheguei a um vão escuro e bati na porta de uma casa de dois andares com balaustrada.

—Sim? —Um rosto enrugado com olhos pequenos apareceu pela enferrujada janelinha da porta. —O que o senhor deseja a estas horas?

—Boa noite e desculpe por lhe acordar. Preciso saber, se não incomodar, se María, a senhorita que vende flores, mora aqui, —tentei usar meu tom de voz mais amigável, na tentativa de ofuscar o aborrecimento de acordar aquela velha senhora a altas horas da noite. Mas, quando falei, ela respondeu com uma delicadeza quase tão grande quanto a sua preocupação, sem o menor traço de irritação, nem de sono...

—Ah, sim, senhor! Como não! Ela é minha neta. Mora comigo desde que seus pais morreram. Eu a criei sozinha, desde pequena e ela ganha a vida andando por San Cristóbal, vendendo flores. Sempre retorna antes do meio-dia e, em dias de poucas vendas, chega ao entardecer. Mas, hoje, olhe que horas são e ainda não chegou. Já fui às autoridades e me disseram que amanhã irão procurá-la. Mal consigo dormir, me diga... o senhor sabe de alguma coisa?

Naquele momento todas as minhas suspeitas foram reforçadas. Aos poucos fui me convencendo mais da maldade do Barão. Com minha cabeça girando, minha voz saiu como se tivesse vida própria.

—Oh por Deus...

—Aconteceu alguma coisa com minha neta?... O senhor sabe aonde ela pode estar? Por favor, diga-me, bom homem, —quase a senti chorar.

Fui movido por um profundo sentimento de compaixão por aquela boa velhinha. Ela merecia saber o paradeiro da neta, mas, não suportaria a notícia do sequestro, por isso, contei apenas uma parte da verdade.

—Não se preocupe, eu sei aonde pode estar. Eu prometo a vossa mercê que ela estará aqui em pouco tempo. Ela é uma grande amiga minha e nunca vou deixar nada de ruim acontecer com ela.

A velha senhora me agradeceu com lágrimas nos olhos e eu saí para cumprir uma promessa que não sabia se conseguiria honrar. Eu nem sabia se María ainda estava viva, por isso que meu comportamento confiante desapareceu quando cruzei a esquina.

Estava indo para a casa do Barão, mas, minhas pernas não me obedeciam. Não tinha ideia de como enfrentar alguém que sabia usar armas e era tão vil que ousou sequestrar, como um verdadeiro corsário, uma menina inocente, sabe Deus para quê.

Eu precisava de informações, então, fui até a taverna aonde estava um grande amigo meu. Um homem que conhecia tudo e todos na rua. Sem dúvida, uma velha raposa de La Habana. Alguém que, na minha opinião, bebia demais para ser tão religioso e supersticioso. Talvez, com ele, encontrasse informações melhores do que as fornecidas pelas fofocas da cidade.

—José, bom amigo, —ele ainda não estava completamente bêbado quando o vi. —Há quanto tempo não nos encontramos, cachorro velho?

—Doutor...! —Ele quase caiu da cadeira quando me viu. Não fiquei nem um pouco surpreso por ele estar lá, tão tarde. O que traz o senhor aqui?

Expliquei-lhe a situação e, quando ele me ouviu, fez o sinal da cruz.

—Jesus Cristo... —ele murmurou. —Eu já imaginava que aquele homem não era coisa boa. Ninguém sabe realmente o nome dele, nem mesmo eu. O que sei é que ele era capitão de corveta, tendo vários confrontos com piratas. Ele se aposentou depois que seu navio foi afundado. Fez uma longa viagem a Yucatán com sua esposa e filha. Para quê? É um mistério. Mas, dizem que ele visitou tanto as ruínas maias que até aprendeu a língua deles e só Deus sabe o que mais. As más línguas dizem que ele adora Kukulkán... Dizem que, como não voltou de lá com sua esposa e filha, se especula que ele as deu como sacrifício, em um templo morto, na selva. Ah... —estremeceu-se com um rosário de madeira na mão. — Se o que dizem for verdade, eu mesmo queimaria aquele bruxo na fogueira!

Fiquei arrepiado com esses rumores. Em voz baixa, perguntei-lhe se não sabia de mais nada e ele me disse que existiam algumas suspeitas de pirataria, de que o Barão era, na verdade, um certo Aragonês que comandava um galeão chamado Boa Negra, saqueando a região holandesa do Caribe. Para mim, tudo fazia sentido e se a maior parte disso fosse verdade... então, María corria um perigo muito sério!

—Não espero mais, vou procurá-la agora mesmo! — levantei-me da cadeira, sem perder tempo, mas, José me agarrou, suplicante, pelo braço.

—Doutor... Peço-lhe que não vá sozinho para aquele lugar. Se o senhor vai ajudar aquela pobre alma... eu... eu irei com o senhor!

—Perdoe-me, José. Sei que sempre zelou pela minha segurança, mas, não posso colocar outra pessoa em risco. Devo enfrentar isso sozinho. Estou armado, —mostrei a ele minhas armas. —Vossa mercê não deveria se preocupar. Obrigado por tudo.

Achei que tinha convencido meu bom amigo a desistir de me acompanhar quando ele viu a garrucha e a adaga na minha cinta. Quando saí do local, sua voz me fez virar.

—Doutor! —ele me olhou, como um boi indo para o matadouro, —que Deus cuide do senhor.

—Assim seja, companheiro! —e sorri para ele, na tentativa de deixá-lo despreocupado.

Atravessei as ruas escuras da cidade, a noite tinha uma frieza que penetrava nos ossos e soprava um vento que assobiava como uma víbora. As janelas nas fachadas das casas coloniais pareciam olhos vazios que tinham pena de mim, olhando-me com uma compaixão indescritível.

O ar frio da madrugada de outono trazia sons fracos, como a passagem de uma carruagem distante, o riso de algum casal namorando na escuridão, algum mendigo queixoso roncando em uma porta. A minha respiração ia ficando cada vez mais agitada, o som de minhas botas nos paralelepípedos cada vez mais perto, e mais perto...

Finalmente, cheguei à sombria residência. Estava na frente dela, sem conseguir sentir a minha própria respiração. Não importava se sentia medo. A única coisa que importava, naquele momento, era María. Tentei ter a garrucha ao alcance da mão e, sem nem me lembrar como, entrei na morada do Barão.

O interior escuro da mansão impediu-me de distinguir, com precisão os detalhes do local. Uma figura aproveitou as trevas para me atacar.

Seria o sinistro Barão meu agressor? Não, assim que começou a briga, percebi que meu adversário era o mordomo, um homem que, apesar de já ser idoso, demonstrava uma força e agilidade tremendas.

Em algumas voltas, o mordomo colocou-me no chão. Ele puxou algo afiado de sua camisola. Suando frio de medo, tentei segurar sua mão, com força, para que não me apunhalasse. A lâmina estava quase roçando meu peito quando ouvi o som de vidro quebrando atrás do agressor.

O velho tremeu por um momento e caiu, inconsciente, por causa do golpe que uma mão salvadora tinha dado nele, com uma garrafa.

—Maldito criminoso! Não o culpo por defender a casa..., mas, se eu não viesse antes, o senhor estaria agora à direita de São Pedro. O senhor está bem, doutor?

—José! —nunca me senti tão apavorado e feliz como naquele minuto. Meu bom companheiro aparentemente bebeu mais duas canecas de rum para ter coragem de me seguir, —não acredito que vossa mercê está aqui. Eu deveria lhe dar uma bronca por ter vindo atrás de mim..., mas, a sua ação salvou a minha vida! —acho que quase chorei de alegria quando vi seu rosto com a barba por fazer enquanto ele estendia a mão para que eu me levantasse.

—Sinto muito, meu código de honra me impede de deixar sozinho um companheiro em perigo. Vamos amarrar esse homem. Ele certamente tem informações sobre o paradeiro de seu mestre.

Meus olhos se arregalaram. Meus ouvidos ficaram dormentes, como se estivessem com uma forte dor de cabeça, e senti um aperto no peito, como se o mordomo tivesse realmente me esfaqueado.

O Barão não estava em sua casa e María também não estava lá. Ele a levara sabe Deus para onde e para quê. Senti que toda a esperança de encontrá-la desaparecera... Precisava de qualquer informação que o criado do Barão pudesse fornecer.

Sentamos o velho mordomo em uma cadeira e o amarramos. José tentou fazê-lo reagir.

Enquanto isso, acendi uma vela que encontrei num canto. Com aquela luz bruxuleante, apreciei a decoração, o melhor que pude.

A sala era de tamanho médio, com paredes altas e o teto de telhas vermelhas. Parecia uma espécie de escritório composto por uma estante empoeirada, na qual, livros alternavam o lugar com potes de animais, em formaldeído. O ambiente era dominado por uma robusta escrivaninha de mogno, com gavetas trancadas com cadeado. Sobre o móvel, um tinteiro de jade, em forma de cabeça de dragão ou de serpente emplumada e estranhos ídolos de aparência maia chamaram minha atenção.

Do teto, pendia uma gigantesca serpente empalhada, que quase me fez gritar. No centro da sala, o chão era enfeitado por um tapete de pele de onça.

E ali, na parede, numa moldura de pinho incrustada com obsidiana, havia um retrato familiar. A imagem mostrava uma menina mestiça com grandes olhos cor de mel, uma mulher de aparência nativa e o inconfundível Barão. Os olhos viperinos do homem pareciam me encarar, cruelmente, através da pintura. Foi quando vi, pela primeira vez, tão de perto o rosto afiado do sinistro fidalgo.

Percebendo que o criado começava a recobrar a consciência, José deu-lhe um tapa para acordá-lo de uma vez. O mordomo virou o rosto, mas, sem dizer uma palavra.

—Ah, já acordou, maldito. Ia matar o doutor como se fosse um cachorro, certo?

—Meu senhor me deu ordens para guardar sua casa contra intrusos, até mesmo usando força.

O homem falou com uma frieza que me assustou. Ele não parecia se importar em ser amarrado por nós. Ele era apenas um lacaio servil. Comecei a questioná-lo.

—Uma garota que anda pela cidade vendendo flores. María. Provavelmente não sabe o nome dela, mas, foi com "seu senhor" que a vi pela última vez, entrando em sua carruagem, esta tarde. Ela está desaparecida, desde então. O que sabe sobre isso?

—Absolutamente nada, exceto que, meu senhor costuma levar, de boa-fé, jovens moças até suas casas, — falou com a mesma parcimônia, como se a vida que estava em jogo fosse a de um cachorro.

—De boa fé? —disse meu amigo, com o sangue mais quente do que o meu. —Escute aqui, sabemos que o Barão está tramando algo e isso não é bom. A vida daquela mulher inocente está em perigo...

—Repito que não sei do que está falando, senhor. — Com sua voz pomposa ousou interromper José, que ficou vermelho, de raiva.

—Ah, não?! —Ele fechou os punhos e se conteve para não dar um soco no mordomo.

Certamente, irritar um homem como José não era uma coisa sábia a se fazer, mas, o servo continuou com a mesma atitude inexpressiva. José virou-se para mim.

—Nesse caso, doutor, devo mostrar-lhe uma coisa que encontrei quando entrei aqui.

Quase desmaiei ao ver aquele objeto. Era o lenço que María usava na cabeça! Tinha até o mesmo perfume. Minha amiga esteve lá contra a vontade dela! Sem me conter, tirei a garrucha do cinto, com a mão trêmula, sem aguentar ver a cara daquele bajulador que dizia com a mesma secura e cinismo.

—Sinto muito, não tenho ideia de quem é esse lenço.

—Fala, seu cachorro miserável! —gritou meu amigo, com a mesma raiva que me contagiou. —Aonde ela está?!

Foi quando notei algo que não tinha visto antes, algo que realmente, fez minha pele arrepiar. Entre as diversas esculturas representando antigos deuses maias que repousavam sobre a escrivaninha, destacava-se, entre todas, a efígie do deus Kukulkán, a Serpente Emplumada. Todas as figuras rodeavam um círculo esculpido na madeira, delimitado por estranhos hieróglifos, com um símbolo em zigue-zague, no centro da circunferência.

José também se aproximou e não escondeu o horror que sentiu ao ver o que havia aos pés da enigmática estátua.

—Meu Deus.

A imagem de Kukulkán tinha cerca de nove ou nove polegadas e meia de altura e tinha sido esculpida em uma pedra muito escura. A cabeça olhava para frente e seus olhos eram rubis que davam à imagem um imenso toque de malignidade. Velas brancas gastas tinham sido colocadas aos pés do ídolo, junto com peles de pítons e beija-flores mortos. Uma imagem verdadeiramente profana e horrível.

Saímos da nossa consternação quando ouvimos como o mordomo amarrado começou a rir, sarcasticamente, em voz baixa. Quando se sentiu desmascarado, toda a sua imagem de homem emocionalmente morto deu lugar a uma espécie de louco histérico.

Apontei a garrucha para ele, novamente. Era cada vez mais evidente que os rumores em torno do Barão eram verdadeiros e que aquele homem era seu cúmplice. Eu tinha que fazê-lo falar, imediatamente. Eu disse a ele que sabia das andanças de seu mestre pelas selvas de Yucatán, que sabia de seu culto sacrílego, baseando-me nas evidências que estavam na mesa. Ele riu ainda mais histericamente e disse:

—Sim, é tudo verdade. Meu senhor adora à Serpente Emplumada... Grande Kukulkán, Senhor da vida. O Poderoso Quetzalcoatl prometeu poder sobre os ventos e as chuvas ao meu mestre e senhor... Eu também irei com ele... Oh, Grande Yig, Pai das Serpentes!

—Diga, de uma vez por todas, para onde ele a levou, seu perturbado!

—Ele irá para sua morada, lá nas montanhas onde o sol se põe... ele irá para a caverna onde está o saque de sua tripulação... A tripulação já tem à *taína* e meu mestre pegou a virgem... A oferenda para o Poderoso Kukulkán.

Não havia mais dúvidas. Todas as evidências apontavam para o fato de que o Barão era, na verdade, um praticante perturbado de religiões que os conquistadores tentaram fazer desaparecer. E se o assunto do sacrifício fosse verdade... Meu Deus, eu não poderia ficar assim, sem fazer nada.

José falou:

—O que aconteceu com a esposa e a filha do Barão?

Mas, o homem não respondeu mais. O velho tinha se transformado em uma coisa sem vontade, que falava de Kukulkán e daquele Yig. Ele alertou, entre louvores, sobre a maldição que recairia sobre quem matasse um dos filhos do Grande Pai Serpente. Tudo isso enquanto convulsionava, de tanto rir. Uma risada que ecoou pela solidão da casa.

Percebemos, apavorados, que ele e o Barão eram os únicos moradores da casa. Não havia mais ninguém ali, nem uma única empregada ou negra escrava. Só nós dois e aquele maluco.

A primeira luz do amanhecer anunciou um novo dia. A voz do meu amigo quebrou o silêncio.

—Vamos. Este homem ficou totalmente louco. Arderá no inferno. A casa que ele mencionou... já ouvi falar dela. Fica num vale entre montanhas, na região em que os colonos cultivam tabaco, a mais de vinte léguas daqui.

José, num gesto de misericórdia, desamarrou o louco. Mas, o velho, numa explosão feroz, saltou sobre nós, como uma fera enjaulada numa tentativa assassina de nos atacar. No susto, puxei o gatilho e minha garrucha disparou.

Quando examinei o mordomo caído, vi que a bala tinha perfurado seu coração. Estava morto. Devo confessar que, apesar da minha condição de médico, não senti pena dele. A única coisa que senti foi raiva por sua cumplicidade com seu mestre maníaco. José, muito mais piedoso que eu, fechou os olhos e sussurrou uma oração.

Saímos imediatamente daquela casa amaldiçoada. Poucas horas depois, estávamos muito longe da cidade, conduzindo freneticamente uma carruagem por estradas de terra, rumo àquele lugar desconhecido. Não tinha ideia do que iríamos enfrentar lá. Espero que Deus Todo-Poderoso, um dia, conceda-me a bênção de esquecer a aberração que tive a infelicidade de testemunhar naqueles lugares.

Depois de três dias, conseguimos cobrir a maior parte da fatídica viagem. Segundo José, faltavam apenas cerca de cinco léguas por percorrer.

Meu amigo era bem treinado em armas e caça. Tinha comprado um robusto cachorro alano que trouxe conosco nesta aventura. Eu, tinha trazido comigo o Caronte, meu excelente rastreador da raça de São Humberto.

A nossa carruagem, puxada por um casal de cavalos andaluzes, atravessou belos vales e colinas que, apesar de ser outono, ainda exibiam uma bela vegetação verdejante. Vimos poucas fazendas pelo caminho e, em uma delas tivemos que trocar uma das rodas, danificada pela aspereza da estrada. Aproveitamos para perguntar se alguém tinha visto passar a carruagem do Barão.

Recebemos informações desconcertantes.

O capataz, um *criollo* robusto e cortês, que chegara há alguns meses da Villa de Trinidad, informou-nos que, no dia anterior, chegara uma carruagem preta, puxado pelo pura-raça árabe mais negro que ele já vira. Era conduzido por um homem com chapéu tricórnio decorado com uma pena, que se aproximou do local para pedir água para o animal.

O bom homem não pôde nos dar mais detalhes sobre o condutor da carruagem escura, pois, como trabalhava ali há pouco tempo, ainda não conhecia os colonos locais e o misterioso senhor nem tinha dito seu nome, ou para onde ele estava indo, ou de onde tinha vindo. Porém, o capataz comentou, despreocupado, que, enquanto carregava os baldes para dar água ao cavalo, viu pelo canto do olho, uma garota adormecida dentro da carruagem.

Fiquei chocado.

Sabíamos muito bem que este era o perturbado Barão. A menina que estava na carruagem não poderia ser outra, senão a pobre María. Certamente, mais do que adormecida, inconsciente, para que aquele bastardo pudesse dominá-la à vontade.

Agradecemos a informação e saímos, imediatamente.

A Villa de San Cristóbal de La Habana já estava muito longe, no Oriente. A passagem das majestosas carruagens, o alvoroço dos pregoeiros e a tagarelice habitual da cidade tinham sido substituídos pelo murmúrio do vento entre as árvores de *caguairán* e mogno, pelos cantos dos *cateyes* e *pitirres* que assobiavam nas palmeiras e pelo agradável ruído de um riacho do morro onde paramos, para dar água aos animais.

No último dia de viagem, não vimos mais sinais de vida humana na região. A planície interminável, adornada esporadicamente por colinas suaves, tinha mudado para um terreno difícil, que às vezes se tornava tão íngreme que tínhamos que empurrar a carruagem pelas estreitas trilhas no mato fechado. As pitorescas colônias crioulas de tabaco, últimos bastiões da civilização, tinham ficado para trás; à frente, esperava-nos a espessura enigmática dos morros, nos quais se escondiam os índios e os escravos fugitivos.

O crepúsculo caiu sobre nós, quando estávamos em uma área tão fechada que mal se avistava a trilha que seguíamos. Foi então que ouvimos o som fraco de um tambor *mayohuacán*, acompanhado de maracas e gritos. Entendemos que estávamos nas proximidades de uma aldeia *taína*, um dos poucos assentamentos indígenas que restavam nas áreas mais intrincadas da Ilha. Decidimos que seria um bom lugar para passar a noite.

A aldeia ficava numa clareira nas montanhas, delimitada por lajes de pedra cravadas no solo. Era composta por vários *caneyes* em torno de um círculo em que todos os seus habitantes dançavam, freneticamente, ao ritmo louco de seus tambores e maracas. O cacique, educadamente, apresentou-se como Caimancaona, falando perfeitamente a nossa língua.

—Bem-vindos à nossa comunidade. Se desejam passar a noite, iremos acomodá-los, sem problemas, mas, não garanto que conseguirão dormir.

Aceitamos o convite e, depois de um mergulho num riacho adjacente, jantamos um prato de *jutía* assada e pão *casabe*, sentados junto ao grande pajé da aldeia. José, sempre mais ousado que eu, não hesitou em perguntar...

—E qual é o motivo de tal celebração aqui?

—Não há razão para comemorar. Hoje, —disse-nos o velho *behíque*, —estamos afastando os espíritos malignos. Nesta época do ano, o grande *majá* das cavernas fica furioso. Tentamos acalmar sua fúria com o *mayohuacán*. Sempre tem sido assim. Inclusive, alguns homens vindos do mar já tomaram uma jovem da aldeia. Levaram-na para a caverna do *majá*, para entregá-la em sacrifício, assim que o monstro dormirá bem no inverno.

Naquele momento, lembrei-me do que o criado maluco tinha dito sobre a tripulação do Barão. "Eles já têm a *taína*." Foi o que ele confessou antes de perder completamente a sanidade.

Acaso existia uma relação assustadora entre os mitos dos índios sobre uma enorme serpente vivendo de uma caverna nas montanhas e o culto do Barão e seus infames bucaneiros em torno de Kukulkán, um deus com forma de serpente emplumada que os maias adoravam e diziam que trazia a chuva e o vento?

O Barão tinha feito uma viagem ao Yucatán, com sua esposa e filha e elas nunca mais voltaram, levantando a suspeita de um horrível sacrifício àquela divindade. No entanto, um nome terrível veio à minha mente. Nome de uma divindade mítica que o mordomo tinha mencionado e que talvez os indígenas conhecessem.

—Grande *behíque*... o senhor conhece um deus chamado... Yig?

—Cale essa boca, insensato! —falou o pajé, apontando para mim com a mão trêmula. —Não pronuncie o nome do Pai *Majá*. Venham comigo.

O velho xamã levou-nos longe do *areíto* até um local isolado, para além das lajes de pedra. Era um pequeno *caney* cercado por cordas com contas para proteção contra espíritos malignos.

O pajé nos explicou que as proteções não eram para manter os maus espíritos do lado de fora, mas sim, para trancá-los dentro da cabana.

O interior do *caney* estava em penumbras. As chamas das tochas nas paredes mantinham uma dança caótica de luzes e sombras no ambiente. O chão estava coberto por uma espessa camada de palha. Atrás de uma grade de madeira, vimos um jovem índio dormindo, nu.

O velho pajé falou bem baixinho para não acordá-lo...

—Este é Yayamaturey. Ele se atreveu a matar um *majá* sagrado de Yig. A pele do monstro está na minha casa. Pode-se embrulhar o tronco de uma palmeira com ele. A maldição caiu sobre Yayamaturey... agora, ele se tornará um dos filhos de Yig.

Entendendo que o pandemônio indígena não nos deixaria dormir, decidimos deixar a aldeia *taína*. Quando estávamos longe o suficiente para que o som insano dos tambores não passasse de um murmúrio distante, acampamos perto de uma fogueira e decidimos passar a noite lá. Os bons índios nos deixaram um generoso suprimento de alimentos e de seus primitivos amuletos de proteção.

Depois de um jantar leve, nos preparamos para descansar, mas, eu não conseguia dormir. Sentindo minha insônia, José virou-se para mim.

—O senhor não consegue dormir, eu sei. Eu também não. Não depois de ver aquele homem na cabana. Meu Deus, doutor... ele estava virando uma cobra.

—Claro que não, —minha mente tentava dar uma explicação ao que conseguira vislumbrar sob a luz das tochas. Talvez fosse minha imaginação selvagem, mas, poderia jurar que a pele do índio parecia meio... escamosa. —Provavelmente é um caso muito grave de ictiose. É uma doença de nascença...

—Com todo o respeito, doutor. Não entendo muito de medicina, mas, o pajé disse que ficou doente depois de matar um *majá* sagrado. Não foi uma doença de nascença. Além disso, essa tal de ictiose causa a queda do cabelo?

—Sim. Ia te explicar que a ictiose deixa a pele com aquele aspecto escamoso, evitando a transpiração. Faz com que os olhos fiquem secos, como os de um lagarto. Infelizmente, não há cura. Mas, entendo o seu ponto, meu amigo. O jovem índio não contraiu a síndrome desde o nascimento. Talvez...

—O senhor deveria ter examinado ele, apesar dos protestos do velho pajé. Acho que pode ter algo terrível escondido nestas colinas. Viu o tamanho daquela pele que o *behíque* tinha em sua cabana?

Ele estava se referindo a uma imensa pele de cobra guardada em uma parte escondida do *caney*. Era de cor acinzentada e parecia muito grossa. Pela posição das escamas na pele, vi que era apenas uma parte do corpo. Toda a serpente devia ter sido enorme, medindo de três a quatro pés de largura. Uma verdadeira sucuri, sem dúvida.

O fato do jovem Yayamaturey ter caçado tal espécime deve ter sido um feito digno de admiração para todos. No entanto, ele tinha sido exilado de sua própria aldeia por causa da suposta maldição de Yig.

Naquele momento, na minha opinião de médico, o mal de que padecia o jovem índio era uma mutação rara de ictiose. Um caso muito incomum, mas, nada que não pudesse ser explicado pelas leis da Natureza e da Ciência.

No entanto, como zoólogo, nunca vi evidências de uma cobra tão colossal como aquela, em toda a ilha de Cuba. Os maiores espécimes que observei estavam na floresta amazônica, milhares de léguas ao Sul.

Talvez, em uma época remota, quando a Ilha ainda estava unida a Yucatán, alguns exemplares dessas cobras gigantes tenham conseguido migrar pela selva e se estabeleceram naquela região. Isso também era duvidoso, uma vez que nenhuma cobra tão grande tinha sido descoberta, até agora. Mas, a evidência tinha estado ali, diante dos nossos olhos. A evidência de um ser que poderia ter quebrado todos os nossos ossos com um único aperto.

Os colonos contavam uma lenda sobre a Mãe das Águas, um ser mitológico que, segundo dizem, faz com que a água do rio ou lagoa em que nada nunca seque, mas... Será que o que tínhamos visto seriam os restos de uma daquelas criaturas fantásticas?

—Ah... boa noite, doutor. Dizem que Deus ajuda quem cedo madruga e precisaremos de toda a ajuda que pudermos conseguir, então, até amanhã, —disse José, bocejando e virando-se em seu cobertor.

Deitado na cama improvisada, pensei na história que o cacique Caimancaona nos contou, antes de partirmos.

Segundo ele, há muitos anos o deus Furacão atingiu a região com enorme intensidade, deixando uma destruição nunca vista antes. Então, do Oriente, veio um homem branco. Ele chegou pacificamente e ajudou os índios a reconstruir suas cabanas e cultivar seus *conucos*.

Aquele branco passou muito tempo convivendo com os índios, mostrando-lhes como caçar melhor as *jutías* e os veados com armas de fogo e ensinando-os a falar a língua dele. Não demorou muito para ele se casar com uma das mulheres da aldeia. Em pouco tempo, eles tiveram uma linda garota, de olhos dourados, chamada Iyali.

O estranho homem construiu uma grande casa em um vale próximo e foi morar lá, com sua nova família.

No entanto, a menina gostava muito de visitar a aldeia, e frequentemente ia até lá.

O tempo passou e a menina tornou-se uma linda jovem. Não foi surpresa para ninguém que o amor nascera entre ela e Yayamaturey, o melhor e mais forte guerreiro da tribo. Os dois, mais do que apenas humanos, pareciam divindades saídas das lendas.

A verdadeira surpresa foi que os pais da menina opuseram-se, veementemente, ao florescimento daquele amor adolescente. Proibiram a jovem de visitar novamente a aldeia e deixaram claro a Yayamaturey que ele não era bem-vindo na casa do vale.

Iyali, como qualquer adolescente apaixonada, desobedeceu aos pais, esgueirando-se muitas vezes para ver seu amante. Ela contou-lhe coisas estranhas sobre seus próprios pais, que tinham ordenado que ela deveria permanecer pura para embarcar em uma longa jornada, ao final da qual ela se apresentaria ao que sua mãe chamava de "Ele".

A garota suspeitava de algo muito sinistro. Quando seus pais se trancavam no sótão da mansão no vale, dedicando orações e louvores a um deus desconhecido chamado Yig, ou Kukulkán, ela ficava arrepiada.

Yayamaturey, temendo que os próprios pais de sua amada fizessem algum mal à jovem, tentava ir, secretamente, todos os dias, vê-la em seu quarto. Toda a tensão e o medo dos dois cristalizaram-se num acontecimento abjeto que deixou o jovem índio perplexo.

Um dia, Yayamaturey desceu das colinas para visitar a garota. Qual seria o horror e a inquietação infinitos que ele experimentou ao encontrar a casa no vale completamente desabitada. Violando uma vez mais a proibição de se aproximar do local, ele entrou e revistou cada cômodo. Seu coração se partiu de dor quando encontrou um bilhete guardado no esconderijo secreto em que sua amada Iyali guardava as coisas que ela mais amava...

"Meu querido Yaya.

Se está lendo isso, sinto muito. Já estarei muito longe ou talvez até morta. Tentei fugir, mas, me trancaram no meu quarto.

Eu descobri tudo, tudo que eles planejam fazer comigo.

Querem me levar a um templo na selva, além do mar, para me oferecer em sacrifício a "Ele".

Aquele homem, a quem me recuso a chamar de pai, é um monstro egoísta que usa minha mãe para seus propósitos nefastos. O amor dela por ele cegou-a completamente e ela também vai se sacrificar. Ele não se importa com a vida dela ou a minha.

Embora nunca mais me veja, quero que saiba que, do além, lhe amarei para sempre e que nosso amor, desconhecido para eles, será nossa vingança.

Sempre sua... Iyali."

E assim aconteceu. Yayamaturey nunca mais viu Iyali. Louco de raiva e dor, muniu-se de armas e provisões e partiu para o Ocidente, para as terras dos seus antepassados. Ele estava disposto a seguir os passos de sua amada. O jovem voltou, algum tempo depois, com o enorme pedaço de pele de cobra que vimos na casa do pajé.

O jovem, em sua raiva, tinha matado um *Majá* de Yig, aquele deus serpente que os ancestrais da tribo, vindos das selvas maias há muito tempo, conheceram em terras distantes. A maldição caiu sobre ele: uma punição implacável por acabar com a vida da temida serpente.

Deitado sob o luar, meditei. Ao meu lado, os roncos do José faziam coro com o ronco dos cachorros.

Estava mais claro do que a água que o homem branco que ajudara os índios não era outro, senão, o malvado Barão. Aquele demônio casou-se com uma das índias para que ela lhe desse uma menina. Sem dúvida, aquelas eram as mulheres que estavam na pintura da casa da rua Aguiar.

Obviamente, a intenção daquele sinistro homem não era ter uma vida familiar. Para ele, essas pessoas nada mais eram do que oferendas para serem sacrificadas a Yig. A *taína* tinha se apaixonado por ele até o ponto da estupidez e após dar à luz Iyali, eles já tinham a alma inocente para Yig. Mas, algo deu errado, porque, agora, ele estava tentando de novo.

Iyali mencionou, em sua carta, que seu romance com o jovem *taíno* seria sua vingança. O que ela quis dizer com isso? Pois bem, para realizar a cerimônia, eram necessárias a alma de uma índia e a de uma virgem. Tudo parecia indicar que Iyali tinha deixado de ser virgem em seu romance com Yayamaturey. Essa tinha sido a peça-chave para destruir os planos do miserável Barão. Sem dúvida, uma vingança épica contra o seu aberrante genitor.

Assim, o derrotado Barão tinha voltado para sua casa em La Habana e, agora tentava tudo, de novo, com a pobre María e a nativa que tinha sequestrado da aldeia.

Não queria eu pensar em mais nada naquele momento. O dia tinha sido muito cansativo. Muitas dúvidas e ideias giravam em minha cabeça. O Barão, os piratas, Yig, os maias... María. Tudo se condensou num terrível pesadelo que sofri, rodeado pela brisa selvagem da floresta.

Em meus sonhos, entrei em uma caverna sinistra, com um lago subterrâneo, no fundo do qual vi quintais de ouro. Ali, enrolada sobre o tesouro, uma imensa serpente rastejava lentamente. Sonhei com María, nas mãos do Barão Aragonés, sendo levada para selvas que, outrora, foram habitadas pela grande civilização maia.

Sonhei que estava no topo de uma imensa pirâmide escalonada sob uma intensa tempestade. No altar de pedra, uma jovem tinha sido esfaqueada pelo Barão para retirar-lhe o coração, numa oferenda a Kukulkán, a serpente emplumada. O carrasco gritava, ritmicamente, o nome da vítima: Iyali! Iyali! Mas, o rosto no corpo sacrificado, era o da minha María.

Senti-me transportado para uma época muito remota, sob o ruído abafado de tambores e flautas, talvez milhares de anos antes da chegada dos espanhóis. Vi como Dia e Noite, Quetzalcoatl e Tezcatlipoca, aquele do espelho negro, fundiram-se numa luta corpo a corpo, sob o olhar frio de Metztli, lá no início dos tempos.

Antes que mergulhasse mais fundo na loucura do sonho, José me acordou. Tinha começado a amanhecer.

—Doutor, acorde. Vamos, estamos perto. O senhor está suando frio. Teve pesadelos de novo, certo?

Lavei o rosto e, depois do café da manhã, retomamos a marcha.

Algum tempo depois, detivemos a nossa marcha no topo de um morro, do qual avistamos um vale bastante povoado de árvores frutíferas. No centro, havia um pequeno conjunto de construções coloniais feitas de madeira e telhas vermelhas.

—Chegamos. Esta é a mansão de verão do Barão.

Naquele momento, a floresta, fervilhante com o canto dos pássaros e umedecida pelo orvalho da manhã, deixou de ser bela para mim. A influência do Barão transformava aquele lindo lugar em algo maligno e perturbador. Senti um arrepio ao ver uma figura sinistra entre as edificações.

—Depressa, José, me dê a luneta! —através do objeto, vi a imagem ampliada do maldito homem. Ele estava em frente ao estábulo adjacente à casa, selando seu cavalo preto. Meu amigo tirou a luneta de minhas mãos.

—Caramba... é ele mesmo. Temos que alcançá-lo!

Saltamos da carruagem e desatrelamos os cavalos o mais rápido possível. Não houve tempo para selá-los ou o bastardo escaparia. Soltamos os cães e começamos a perseguição, com as armas na mão, descendo o caminho íngreme. Ainda estávamos muito longe quando o desgraçado percebeu a nossa presença e a dos barulhentos cães. Ele montou em seu cavalo e fugiu em direção às colinas, do outro lado do vale. Mesmo assim, atirei nele, numa tentativa desesperada de detê-lo. Meu tiro não surtiu efeito.

—Escória do inferno! El correu para o mato como uma *jutía* covarde!

—Temos que ir para a casa! As mulheres podem estar presas lá! —gritei virando o cavalo pela crina.

Eu gostaria que nunca tivéssemos procurado nada lá. Não só porque foi uma total perda de tempo, mas, porque o que encontramos, no sótão, foi algo de que nunca me esquecerei.

Revistamos a casa de alto a baixo, inclusive no porão, sem encontrar nada particularmente estranho. Parecia uma casa típica da região, com telhas vermelhas, portas e janelas duplas, móveis de mogno e troféus de caça, como *jutías*, veados e araras.

Infelizmente, não havia sinal de María.

Mas, ainda restava um lugar para verificar, lá em cima, onde a parede e o teto se encontram. O sótão silencioso.

O que esperávamos encontrar era a minha amiga e talvez a pobre índia, amarradas e amordaçadas, implorando para serem libertas. Meu Deus, por que não foi isso? O que achamos lá acabou sendo muito pior.

Aquele sótão sinistro, com cheiro de poeira e cova aberta, guardava, numa pequena estante, um livro no qual eu nunca deveria ter tocado. O volume tinha capas de couro negro com rebites de ferro. A nossa curiosidade fez-nos abri-lo e ver o seu conteúdo sacrílego.

Não me atrevo a mencionar o nome dele. Bastou folheá-lo um pouco para ficarmos profundamente horrorizados. O mais macabro foi ler os trechos marcados pelo próprio Barão. As linhas aberrantes, escritas com caracteres arcaicos, fizeram-me compreender o carácter alienante do culto que o maldito demônio queria realizar.

O texto amaldiçoado falava dos favores que o Deus Serpente concedia àqueles que faziam acordos com ele. Para os astecas, ele era Quetzalcoatl e, para os maias, Kukulkán, mas, seu nome sempre foi Yig, portador de uma maldição que recairia sobre quem matasse seus filhos.

Os *taínos* daquela região conheciam-no desde a chegada dos seus antepassados, na época em que a Europa aprendia a forjar o bronze. Ele era pacífico com os indígenas. Mas, por alguma razão, costumava entrar em estado de frenesi quando o outono chegava e era preciso acalmá-lo.

O grande Yig também oferecia, aos seus adoradores, poderes sobre a chuva e enorme longevidade em troca do sangue jovem de uma índia de origem mesoamericana e de uma virgem. O pacto seria selado quando um *Majá* de Yig devorasse as oferendas vivas.

Como evidência macabra de que aquele demônio em forma de homem já tinha tentado realizar o abjeto ritual, encontramos dois crânios sobre uma espécie de altar de pedra. Abaixo de cada um deles tinha um rótulo. "Querida Ixchel." "Minha amada filha, Iyali." Eram os crânios da mulher e da filha do maldito Barão! O vil bruxo tinha sacrificado-as! Mas, devido ao amor de Iyali e Yayamaturey, tinha falhado em sua empreitada.

Agora, ele tentava de novo, substituindo a esposa pela *taína* e a filha inocente pela minha pobre amiga María!

Saímos daquele lugar profano profundamente perturbados.

Depois de clarear a cabeça sob o ar fresco da manhã, nos concentramo-nos na caça. Era hora de capturar aquele homem infame.

Deixei Caronte cheirar o lenço vermelho que, cuidadosamente embrulhado, havia trazido comigo. Conhecia bem o brilhante dom do San Humberto para rastrear pessoas por mais de dez milhas. O Alano compensaria a velhice do outro cachorro com sua força intimidadora.

Já conhecíamos os terríveis planos do Barão. Precisávamos encontrá-lo com nossos cães e arrastá-lo à justiça sob a acusação de bruxaria, pirataria e assassinato, levando-o assim para a forca. O perverso Barão da Rua Aguiar, era, afinal, um sujo bruxo.

Estávamos muito perto agora, galopando como um raio atrás dos cães. Nossos corações enfurecidos e ansiosos batiam ao ritmo dos cascos dos cavalos no chão. Até que, finalmente, encontramos a entrada de uma caverna tão sinistra que até os animais pararam, hesitantes.

Parecia a boca de um demônio, com as estalactites em seu interior simulando presas. Estava ladeada por plantas trepadeiras que pendiam sobre a entrada. Apesar de estar numa área de mata fechada, não se ouvia um único pássaro cantando.

Lá estava o cavalo do sinistro Barão.

Meu fiel Caronte não falhou. María estava lá, no fundo da caverna.

Nem as armas, nem os cães, nem a coragem do José e minha, juntos, prepararam-nos para o que veríamos naquele lugar. Algo que confirmava tudo o que se dizia no livro imundo que tínhamos encontrado no sótão.

Depois de uma difícil caminhada pelo interior negro da gruta, acompanhada pelas constantes orações do meu amigo, chegamos a um desnível de uns cinco pés acima de um círculo iluminado por tochas sustentado por colunas grotescas que se alcançavam até o alto teto de pedra. Com cuidado espiamos a dantesca cena que se desenvolvia na rochosa cavidade aos nossos pés.

Na câmara, havia um lago próximo ao qual moviam-se vinte homens, de aparência esfarrapada. Não havia dúvida de que aquela turba era a tripulação do Aragonés e tudo indicava que participariam do ritual.

No centro da gruta, estava o Barão. O Aragonés. Adepto de uma crença que há muito tinha sido considerada exterminada pelos conquistadores.

Nu da cintura para cima, o torso do homem estava pintado com listras vermelhas e pretas. Usava brincos e colares de jade, como os sumos sacerdotes de Chichen Itzá. Proferia canções para Yig em espanhol e em maia.

Ali, finalmente consegui ver o objeto daquela louca aventura. Procurei até que consegui vê-la, amarrada atrás de uma larga pedra que dava para a lagoa. Ali, ao lado da pobre *taína*, estava ela, deitada.

—María! —não pude evitar. Gritei com todas as minhas forças, interrompendo a missa ímpia.

Todo o desespero e raiva dos últimos dias descarregados em um nome, em uma palavra... María. Eu a amava? Sim... claro que a amava! Decidi protegê-la, não importa o que acontecesse! Tinha feito toda aquela jornada terrível só por ela, para finalmente vê-la livre das garras do abominável pirata-bruxo!

Pulamos sobre os piratas com as nossas garruchas carregadas e os nossos sabres nas mãos. Nossos gritos e os da horda de bucaneiros ecoaram como canhões na caverna espectral, assustando miríades de morcegos.

A proporção de homem para homem era de um para dez, mas, meu amigo e eu sabíamos como manejar ar armas com habilidade. Não importava quantos inimigos tínhamos pela frente. Acabaria com as vidas miseráveis de todos os que se interpunham entre mim e a minha amada María. Como o seu anjo da guarda, mataria qualquer demônio pirata que ficasse na minha frente.

Consegui abater dois com meus tiros. José matou três. Sem tempo para recarregar, começamos a luta, sabre em mão.

Os piratas, mesmo não tendo armas de fogo, pareciam bastante confiantes de lutar ali, nas entranhas da terra. O capitão deles continuou com a cerimônia como se nada tivesse acontecido e isso parecia encorajá-los. Lutamos em duelos, batendo aço contra aço.

O fortíssimo cão alano cumpriu seu papel atacando a virilha de um dos bandidos até deixá-lo fora de combate. Caronte, por sua vez, latia desde um canto, encorajando-nos a não nos rendermos a aqueles bárbaros.

Por um momento, me distraí ao ver o Barão seminu ao lado de María. Ela olhou para mim, implorando-me com os olhos encharcados de lágrimas que a salvasse. Um dos piratas aproveitou a oportunidade e ergueu o sabre na minha frente. Não tive tempo de erguer o aço para bloquear o ataque, mas, a lâmina de José emergiu triunfante, perfurando o peito do pirata, ceifando-lhe a vida no ato.

—Vá salvar as mulheres, doutor! Eu cuidarei desses bastardos! —gritou meu amigo.

Olhei em volta, restavam poucos homens. A ferocidade e a habilidade com que José lutava eram extremamente impressionantes. Eu não queria deixá-lo sozinho, mas, agora a vida de María corria mais perigo do que nunca.

Armas em mãos, dirigi-me ao epicentro da cerimônia infernal, pronto para salvá-la. Uma risada demoníaca do Barão me fez parar. O homem infame declamou entre gargalhadas alienantes.

—Revele-se, ó Grande Filho! Venha, zelador das pilhas de ouro! Venha receber sua oferenda pura e fazer um pacto com seu servo! Dê-me, a mim, o Barão Aragonês, o poder sobre os furacões por muitos anos! Poder para saquear mais ouro e trazê-lo para ti, Fruto de Yig! Levanta-te, Mãe das Águas da Gruta!

Todos naquela gruta, desde os homens do Aragonés ao José e as duas mulheres amarradas, até eu e os nossos ferozes cães; trememos de terror. Naquele tenebroso lugar cheio de morcegos, depois de um barulho de água agitada dentro da lagoa, o inconcebível apareceu...

Uma colossal serpente cinzenta cuja cabeça devia ter quase dois pés de largura, com olhos brancos como leite emergiu da água. Tinha uma boca deformada com inúmeros dentes como agulhas babando. Esse ser era uma espécie nunca vista pela Ciência. Uma horrível Mãe das Águas como aquela que apareceu nos meus sonhos.

Uma onda de terror percorreu toda a caverna. Os homens do Barão que ainda lutavam entraram em estado de transe hipnótico. José e eu baixamos as armas, esmagados por um horror atávico. Até nossos fiéis cães deitaram-se de barriga para baixo, abaixando as orelhas e gemendo.

O primeiro de nós a reagir foi meu fiel Caronte, que superou o medo e latiu com um ar indomável de desafio. José reagiu, como se quebrasse um feitiço paralisante que lhe fora lançado, e atacou os piratas que ainda estavam de pé, despachando-os imediatamente.

Minha paralisia de horror terminou quando vi o animal gigantesco aproximar-se com a cabeça em direção a María e à índia, que gritavam de terror através das mordaças e se contorciam nas amarras.

O Barão parecia estar numa espécie de transe. Envolvido numa terrível sincronicidade com a cobra, balançava o corpo para a frente, imitando, com os olhos fechados, os movimentos do monstro.

Tremendo, consegui carregar a garrucha e analisei como iria dar um tiro eficaz em tal animal. O crânio seria muito duro. Mesmo se ele abrisse a boca ainda não tinha uma linha de tiro favorável... Meu Deus, a terrível serpente já estava tocando a *taína* com sua enorme língua bifurcada!

—Doutor...! —a voz de José soou como através de um sonho horrível. —Nos olhos... mire nos olhos!

Mais do que um conselho, isso foi uma revelação para mim. Levantei a minha arma e mirei no olho leitoso da gigantesca serpente.

A bala perfurou o cérebro da besta.

Tremendo, consegui carregar a garrucha e analisei como iria dar um tiro eficaz em tal animal. O crânio seria muito duro. Mesmo se ele abrisse a boca ainda não tinha uma linha de tiro favorável... Meu Deus, a terrível serpente já estava tocando a taína com sua enorme língua bifurcada!

O monstro sibilou e se contorceu de dor, emitindo gritos de arrepiar a alma sob a luz amarelada das tochas.

O Barão gritou e caiu de lado com a mão no olho, como se fosse ele quem tivesse recebido a bala.

A besta colossal deixou cair a cabeça junto à borda da lagoa, quase aos pés de María, que desmaiou na hora. O peso do corpo do animal arrastou a cabeça para as profundezas das frias águas, exterminando assim aquele horror.

O Barão levantou-se cambaleante, como se fosse movido pelo vento. Inexplicavelmente, seu olho sangrava profusamente. Ele começou a caminhar na minha direção.

Não tinha eu mais balas. Joguei minha garrucha no chão e agarrei o sabre com força redobrada. Avancei em direção ao Barão.

Quando nossos olhares se encontraram, pudemos perceber a raiva que sentíamos um pelo outro. Vi refletido em seus olhos negros o ódio contra mim, por frustrar seus planos monstruosos. Pela minha parte, eu nunca perdoaria o sequestro da minha amada María.

A luta não tinha acabado. Estava apenas começando.

O cão alano saltou sobre o Barão, mordendo-o pelo costado, derrubando-o com o peso do seu musculoso corpo. Mas, o diabólico Barão conseguiu colocar o sabre sob o pescoço do animal e cortou-lhe a garganta, com um talho preciso e feroz.

Antes que o maldito homem pudesse levantar-se novamente, ataquei-o com a intenção de cortá-lo em pedaços. Mas, o sorrateiro pirata tinha uma defesa magnífica, até mesmo no chão.

A exaustão da minha luta anterior começou a cobrar seu preço. Meu corpo estava pesado e meus músculos não se moviam com a mesma velocidade e flexibilidade. O Barão, aproveitando a vantagem, estava conseguindo deter cada um dos meus ataques.

De repente, com um vil chute rasteiro, aquele homem diabólico me derrubou. O impacto contra o chão me fez perder o fôlego, por um instante. Meu oponente aproveitou bem a oportunidade. Ele pulou em mim com seu sabre em punho. Mal consegui levantar minha arma para bloquear o golpe fatal.

Os lugares tinham sido trocados. Ele estava em cima de mim, com o aço apontado para meu peito. Eu, bloqueando seu golpe mortal com a lâmina do meu sabre, tentando repeli-lo com toda a força que me restava.

Achei que ia desmaiar. Aos poucos, fui cedendo à força prodigiosa do Barão. Achei que nunca mais veria María. Olhei para ela e, num adeus. Fechei os olhos.

Senti um estrondo, ecoando na caverna. A incrível pressão sobre mim diminuiu drasticamente. Quando abri os olhos, o Barão estava com os braços abaixados e me olhava, atordoado.

—Idiota... Yig já falou: "Maldito será para sempre quem destruir um dos meus filhos." Minha morte é mais doce que o destino que lhe espera.

Foram as últimas palavras que aquele demônio falou antes de cair de bruços sobre mim. Com um empurrão, tirei seu corpo nojento de cima de mim e corri até onde meu amigo estava, ajoelhado, com a arma fumegante ainda na mão.

O disparo certeiro de José tinha salvado minha vida mais uma vez.

—Nunca conseguirei mostrar toda a gratidão que lhe devo! Três vezes... três vezes tem salvado a minha vida! Vossa mercê é um amigo que vale mais que ouro.

—A terceira vez é o encanto, —percebi uma certa melancolia na expressão dele, no olhar e na forma como me disse a frase. —Tenha uma boa viagem de volta...

Foi quando ele desmaiou e vi um ferimento de sabre atravessando seu torso. Fiz tudo ao meu alcance para salvá-lo, mas, não tive tempo de estancar sua já avançada hemorragia interna.

José morreu nos meus braços.

Lamentei, amargamente, a perda do meu grande companheiro. Foi injusto que, naquela nefasta aventura, ele tivesse salvado minha vida três vezes e eu não pudesse salvar a dele nem uma vez apenas.

A maior homenagem que consegui prestar-lhe, no momento, foi uma pequena cova com pedras, deixando o sabre cravado no chão onde meu amigo José descansaria, eternamente. Ao seu lado, enterrei o valente cão alano, que também deu a vida naquela luta desigual.

María e a jovem índia, já recuperadas do susto mortal, rezaram comigo e colocaram flores nos túmulos de seus salvadores.

De volta a La Habana, devolvemos a jovem *taína* à sua aldeia, sentindo-nos honrados ao ver como, entre lágrimas de alegria, celebraram o regresso da menina à sua aldeia, oferecendo-nos enfeites e frutas em sinal de gratidão.

Nós três, por motivos óbvios, concordamos em omitir a parte da história em que matei a grande serpente.

Quando chegamos à cidade, cumpri minha promessa de levar María de volta para a avó. A simpática senhora já estava vestida de luto porque meu juramento tinha demorado mais de uma semana para cumprir-se. Pode-se imaginar a imensa alegria que a velha mulher sentiu ao ver sua querida neta novamente.

María e eu tivemos um namoro curto. Mas, não pudemos nos casar porque minha doença obrigou-me a ficar longe de tudo e de todos.

Sim, hoje encontro-me muito longe do meu lar, morando na companhia de meu fiel Caronte, sob o teto de uma cabana, em uma ilhota perdida no meio do mar, longe de María, para que ela não possa me ver nesta condição horrível.

Tenho a mesma doença de Yayamaturey.

A ictiose não é nada comparada a isto. Minha pele ficou escamosa e verde-acinzentada e uma membrana apareceu em meus olhos. Todo o meu cabelo caiu, minha língua começou a ficar bifurcada e sinto sono no inverno, devido ao resfriamento do meu sangue.

Começo a detectar calor através dos meus olhos que estão cada vez mais cegos para o mundo conhecido. Meu intelecto está diminuindo a cada dia e temo que chegará um momento em que será apenas um conjunto de instintos primitivos.

Para o inferno com todo o meu conhecimento da Ciência que tenta explicar o inexplicável!

As últimas palavras do Barão eram verdadeiras! Como o índio Yayamaturey, estou me tornando um filho de Yig!

O grau de atividade de um ofídio é determinado pela temperatura do ar. É por essa razão que, neste inverno de 1790 de Nosso Senhor, antes de cair numa longa hibernação, jurei por todos os deuses que, quando acordar, se ainda possuir a mente e os membros, deixarei esta ilhota.

Lá, na casa abandonada do vale, encontrarei o livro antigo com as instruções do ritual sagrado.

Aproveitarei minha nova aparência e visitarei a aldeia *taína*. Serei para eles o temido monstro que mais uma vez pega uma menina em suas garras para oferecê-la como terrível oferenda ao meu futuro Pai. Tornar-me-ei o avatar da antiga lenda do homem-cobra que leva as crianças, contada à luz da fogueira, geração após geração.

Vou me transformar em um monstro, deixando essas pobres almas à mercê de Yig. Tudo farei para tentar reverter minha condição, para obter o perdão divino do Grande Yig e com sua aprovação alcançar a redenção.

E nessa empreitada minha doce María me ajudará.

Irei procurá-la. Vou carregá-la pelas colinas e savanas como Zeus quando sequestrou a bela Europa.

E ali, na gruta sagrada em que matei o Filho de Yig a irei oferecê-las em sacrifício, à menina *taína* e a minha preciosa María. Assim que o Grande Yig ficar satisfeito com sangue inocente, me perdoará.

Então irei a todos os deuses ocultos que vi mencionados naquele livro apócrifo. Levarei minha sanidade ao limite do que se conhece, rezando a todos aquelas deidades que toda religião está proibida de mencionar. O Tudo em Um, O Rei de Amarelo, A Cabra Negra da Floresta, O Caos Rastejante...

Implorarei a todos que me deem o conhecimento necessário para recuperar a vida inestimável de María, mesmo que tenha que matar quem quer que seja...

Ainda que que tenha que vender minha alma para a Corte de Azathoth, o Caos Idiota que rói e baba no centro do Universo. Farei de tudo para ressuscitá-la, para ficar ao seu lado para sempre.

Não me importa o preço que tenha que pagar.

Mas, estou atormentado pelo medo de que, quando acordar do meu longo sono, não seja mais do que uma massa alongada de escamas cinzentas, presas babando e olhos leitosos. Por isso escrevi o meu testemunho e também fiz um mapa no qual marquei a localização da caverna sagrada, com a sua lagoa subterrânea.

Ali, sob as águas frias, no fundo rochoso, em que, numa massa caótica, confundem-se os ossos esbranquiçados dos bucaneiros mortos, do Barão fracassado e da serpente monumental, jazem brilhantes mais de quarenta arrobas de ouro e joias saqueadas.

O TREM DA MADRUGADA

"Aí vem a fera."

Yoric tensionou os músculos e ajustou as alças da mochila. Mesmo que as luzes fantasmagóricas que dançavam no céu tentassem confundir seus sentidos, ele não tinha dúvidas, aquele brilho intenso no horizonte era o Saltão.

O jovem deu uma rápida olhada ao redor para confirmar que era a única pessoa de pé sobre os dez metros de laje de concreto que funcionava como plataforma na lateral da solitária ferrovia.

"Não há chance de que pare. Hoje terá que ser na abordagem."

Yoric repassou em sua mente a manobra que já tinha realizado inúmeras vezes.

Primeiro, o poderoso holofote da locomotiva elevando-se no horizonte anunciaria que o trem se aproximava. O brilho desapareceria, engolido pela depressão do terreno de onde o rio produzia uma espessa camada de neblina, para ressurgir com um assobio estridente e acelerando com todas as forças para vencer a encosta.

Esse era um momento crítico. Se várias pessoas aguardassem o veículo na plataforma improvisada, aumentavam as chances de um maquinista de bom coração fazer uma breve parada para que os passageiros pudessem embarcar a toda pressa.

Por outro lado, se poucas almas estivessem olhando o horizonte, na esperança de aproveitar aquela opção de transporte público, o comboio geralmente passava, apenas diminuindo um pouco a velocidade para respeitar o cruzamento ferroviário a poucos metros do final da plataforma. Afinal, naquela pequena cidade perdida no interior da província não tinha estação ferroviária. Pelo menos não oficialmente.

No caso da segunda situação, a única forma de entrar no veículo era correr o mais rápido possível, agarrar-se às alças de uma porta e saltar para dentro de um dos vagões antes que o trem deixasse a plataforma para trás. Não tinha outra opção senão uma abordagem primitiva.

Devido à natureza das paradas inconsistentes, e ao persistente costume de pular a cidadezinha, o trem da madrugada tinha sido apelidado de "Saltão".

Um embarque bem-sucedido garantia uma curta viagem de aproximadamente quarenta minutos até a Estação Central da capital da província, onde, após uma corrida frenética pelos corredores e plataformas da venerável construção, era possível fazer baldeação com o trem universitário e concluir com tranquilidade a viagem até a Universidade Central, chegando com tempo suficiente para participar da primeira aula da manhã. Um luxo.

Quando a luz do trem se perdeu na neblina tingida pelo brilho mutante do céu, Yoric fez uns agachamentos para aquecer as juntas e instintivamente tirou o chaveiro do bolso e beijou seu amuleto da sorte.

Não tinha mais ninguém por perto. As pessoas não queriam sair e se expor à maior tempestade solar já registrada e que estava causando auroras boreais até nas latitudes tropicais onde o rapaz morava. Naquela manhã, o céu parecia um aquelarre de luzes fantasmagóricas.

Yoric não se importava com os possíveis riscos. Perder o trem não era uma opção, pois em poucas horas teria que enfrentar a prova final de Cálculo II, para a qual tinha estudado tanto. Nem as tempestades solares, nem as auroras boreais, nem que o próprio inferno se abrisse diante dele o impediriam de chegar a tempo. Ele iria pegar o Saltão a qualquer custo.

O trem emergiu da neblina com um assobio estrondoso, como um furioso avatar de velocidade. Aquela coisa não iria parar.

Apesar de correr com todas as forças, Yoric via as portas do carro se afastando uma a uma. O veículo nem sequer diminuiu a velocidade para respeitar o cruzamento ferroviário. O final da plataforma se aproximava e a chance de chegar a tempo para a prova final diminuía a cada segundo.

Yoric, sem sequer pensar no que estava fazendo, pulou da borda final da laje de concreto. Por alguns segundos ele se sentiu leve, flutuando no ar estranhamente iluminado da madrugada. Sua mão alcançou a alça da última porta do último vagão do trem e seus dedos se fecharam em torno do aço frio.

O jovem puxou com toda a força que os músculos de seus braços conseguiam gerar, vencendo a inércia e projetando seu corpo no interior escuro do veículo. Ele bateu violentamente no metal da escada e sentiu algumas coisas quebrarem. Suas dores foram ofuscadas por um profundo sentimento de euforia e triunfo. O embarque tinha sido um sucesso.

O jovem ficou tão extasiado que nem percebeu a luz que emergia assobiando da névoa que brotava do rio de sua cidadezinha natal. Tudo isso ficava para trás em uma velocidade vertiginosa.

O trem, com um solavanco violento, soltou outro apito ensurdecedor e acelerou novamente.

Yoric levantou-se cambaleando e andou para o interior escuro do vagão. Enquanto mancava pela escuridão, sentiu algo escorregando dentro de sua surrada calça jeans. Com súbito desespero, ele verificou o conteúdo dos bolsos da frente. Com exceção de um rombo por onde seus dedos deslizaram, não tinha mais nada ali.

"Mas, que desgraça!" pensou o jovem "O golpe contra a escada deve ter estourado o fundo dos meus bolsos".

Ao se abaixar para tentar recuperar seus pertences, sentiu algo passar pelo lado de sua cabeça, atingindo suavemente sua bochecha. Com desespero crescente, ele verificou o estado de sua mochila. O bolso onde guardava a carteira estava aberto e vazio.

"Que maravilha, as coisas estão melhorando a cada segundo!"

Yoric retomou a tarefa de apalpar o chão do vagão no escuro, tentando não pensar nas condições higiênicas do local. O resto dos passageiros o ignorou, completamente. Mentalmente o jovem fez um inventário dos bens perdidos, cinco moedas, três para a passagem do Saltão e duas para a passagem do trem universitário, o chaveiro com seu amuleto da sorte e a carteira contendo seus documentos de identificação e o dinheiro para passar a semana.

Com relativa facilidade já havia encontrado alguns chicletes usados, duas moedas e algumas coisas que nem quis tentar identificar quando se surpreendeu ao ver que seu amuleto da sorte estava a poucos passos de seu alcance. A coisa brilhava com um fulgor amarelado que ele nunca tinha visto antes. O jovem engatinhou rapidamente para recuperar o objeto, mas, algo o fez parar no ato.

Uma sensação de profundo terror percorreu todo o seu sistema nervoso. Ele sentiu os cabelos da nuca se arrepiarem, como se estivesse sob a influência de um campo de eletricidade estática. Com grande esforço, ele se controlou e olhou para a fonte de suas estranhas sensações.

Agachado na frente dele estava o que parecia ser um homem. Na escuridão era possível perceber que seus lábios eram insuficientes para cobrir seus dentes muito grandes e projetados para a frente, uma barba rala e desgrenhada acompanhava uma juba de tranças e tufos de cabelo grudados. O cheiro azedo e penetrante que exalava levantava sérias dúvidas sobre sua rotina de higiene e as condições de limpeza de suas roupas. Em uma de suas mãos, com unhas desconfortavelmente longas e descuidadas, ele segurava o chaveiro de Yoric. O amuleto balançava ao ritmo dos solavancos do trem, o desenho parecia brilhar mais intensamente através da superfície polida da pequena pedra em forma de lágrima.

—Isso é meu, —Yoric gaguejou, estendendo a mão com a palma para cima.

—Claro, claro, —respondeu o estranho e Yoric teve a desagradável sensação de que, ao invés de escutar as palavras emitidas, o significado delas se formou diretamente em sua mente. —O que é seu é seu, —e colocou o chaveiro na palma da mão do jovem.

Yoric fechou o punho sobre o objeto e retirou o braço o mais rápido que pôde. Pareceu-lhe que a pedra do seu amuleto, sempre curiosamente fria, estava agora ligeiramente quente. Desviando o olhar do indivíduo à sua frente, ele colocou o chaveiro no bolso esquerdo da jaqueta e travou o fecho para que o objeto ficasse seguro.

—Bem-vindo ao Saltamundos, José María Caraballo Robles, —continuou o estranho.

—Prefiro ser chamado de Yoric, —respondeu o jovem automaticamente, como sempre fazia quando alguém o chamava pelo primeiro nome. Ele imediatamente estremeceu, assustou-se e olhou para seu interlocutor. —Como você sabe meu nome?

O estranho agora segurava a carteira aberta de Yoric entre os dedos curvados. Ele estava sorrindo e seus dentes pareciam ainda mais amarelos e projetados na direção do jovem.

O rapaz arrancou a carteira da figura desconcertante com um movimento rápido. Ele imediatamente pensou que estava sendo rude. Mesmo que o indivíduo fosse perturbador, tinha encontrado seus itens perdidos e, de certa forma, os tinha devolvido para ele.

—Desculpe minha grosseria, —Yoric disse, com algum embaraço, enquanto se levantava, —obrigado por me devolver minhas coisas.

—Não há nada de que se desculpar, —respondeu o estranho, ainda agachado, —o que é seu é seu, —e começou a gargalhar, com uma risada que fez a pele do jovem arrepiar novamente.

Contornando o estranho, Yoric caminhou o mais rápido que pôde em direção ao extremo oposto do corredor. Somente quando o jovem passou para o vagão seguinte, o barulho do trem conseguiu eclipsar, em seus ouvidos, a gargalhada desconcertante do estranho. Isso o fez se sentir um pouco melhor.

A maioria dos assentos daquele vagão já estava ocupada. Os passageiros eram figuras sombrias, difíceis de distinguir na luz fantasmagórica que se filtrava, trêmula, pelas poucas janelas abertas. O olhar treinado de Yoric avistou um lugar vazio na outra extremidade do vagão. Praticamente correu para ocupá-lo e, movido pelo reflexo condicionado de quem já passou muitas horas em transportes públicos lotados e reconhece a enorme vantagem de viajar sentado, deixou-se cair no duro assento.

Ele imediatamente começou a vasculhar seus pertences. Com uma mistura de visão noturna, tato e suposições fundamentadas, concluiu que não faltava nada em sua carteira. Seus documentos de identificação e a quantidade correta de notas estavam em seus lugares habituais. Verificou que o bolso da mochila em que normalmente carregava a carteira não estava furado, apenas os fechos tinham aberto pela violência do impacto, então, guardou o objeto e fechou bem o compartimento.

Ele tirou o chaveiro do bolso da jaqueta para verificar se o número de chaves estava correto. A pequena pedra polida em forma de lágrima que ele considerava seu amuleto da sorte balançou suavemente, pendurada na curta corrente. O desenho nele embutido ainda parecia brilhar com um difuso resplendor amarelado. Focando seu olhar no comportamento incomum do objeto que o acompanhava desde criança, Yoric não pôde deixar de notar que o passageiro sentado à sua frente também olhava para seu amuleto.

Esse passageiro era digno de atenção. Estava vestido de branco, com paletó, colete, gravata e luvas. Sobre os ombros, trazia um sobretudo comprido, também branco, que combinava com um elegante chapéu de feltro de abas largas, adornado com uma fita cor de marfim.

Toda aquela roupa era absurdamente elegante e luxuosa e fez Yoric se perguntar o que um homem tão bem-vestido estava fazendo no Saltão. Ele olhou com mais atenção para o rosto do personagem. Os traços viris do homem negro de meia-idade estavam reforçados por uma barba e um bigode bem cuidados. Usava óculos de leitura nos quais se refletiam as luzes trêmulas que invadiam o vagão através dos vidros das janelas.

Nas mãos enluvadas do passageiro tinha um livro aberto, cuja capa Yoric não conseguiu decifrar. Por pura educação, o jovem fez um leve gesto de saudação universal com a cabeça enquanto pensava.

"Como é possível alguém conseguir ler nessas condições?"

O passageiro respondeu à saudação com um gesto semelhante e voltou a concentrar-se no seu livro.

Yoric voltou à tarefa de fazer o inventário de seus bens, mas, algo, rastejando nas profundezas de sua consciência, o incomodou.

"Esta madrugada está bastante fora do comum." Yoric pensou, sem imaginar que tudo iria piorar muito.

—Passagens, por favor, —uma voz ecoou do outro lado do vagão.

No corredor, uma figura alta e magra, armada com uma pequena lanterna, interagia com os sombrios passageiros.

—Se você ainda não comprou sua passagem, não se preocupe, você pode comprá-la agora comigo pelo modesto preço de três moedas. —falou o cobrador.

Yoric colocou o chaveiro de volta na jaqueta. Por força do hábito, o rapaz procurou nos seus jeans o dinheiro da passagem, apenas para encontrar novamente o fundo rasgado dos bolsos.

Algo não se encaixava bem. Naquela madrugada, o cobrador estava diferente. O funcionário vestia um anacrônico uniforme azul, com grandes e brilhantes botões de metal. O modelito incluía um boné cilíndrico, rígido, com aba de couro envernizado e luvas de camurça.

"Ah, certo", pensou ele, lembrando-se do resultado desastroso de sua pouco ortodoxa abordagem. Tirou da jaqueta as duas únicas moedas que tinha conseguido recuperar e olhou-as, taciturno, na palma da mão.

—A passagem custa três moedas, —disse casualmente o exótico passageiro na frente do jovem. O tom do comentário foi uma mistura de indiferença e condescendência.

Embora a voz soasse grave e imponente, o rapaz, mais uma vez, teve a sensação de que mais do que ouvir, as palavras do personagem tinham se formado diretamente na sua mente. Ignorando a sensação incômoda de ser observado pelo vizinho de assento, o jovem tirou uma nota da carteira.

—O condutor não aceita notas, só moedas, —comentou o passageiro no mesmo tom.

—Eu pego esse trem quase toda semana, —respondeu Yoric, um pouco irritado, —e já paguei com notas várias vezes.

—Com licença, senhor passageiro, mas, não aceitamos notas, —veio a voz do cobrador do fundo do corredor, —só moedas, três moedas, por favor.

Yoric ergueu a cabeça, bruscamente. Ele forçou os olhos para distinguir a figura do funcionário, que agora estava tendo uma polida discussão com um passageiro que se recusava a aceitar seus termos.

Algo não se encaixava bem. Naquela madrugada, o cobrador estava diferente. O funcionário vestia um anacrônico uniforme azul com grandes e brilhantes botões de metal. O modelito incluía um boné cilíndrico rígido com aba de couro envernizado e luvas de camurça.

Para aumentar a sensação de desconforto, os braços da figura eram desproporcionalmente longos e as lentes dos seus óculos de armação redonda pareciam brilhar com um esplendor esverdeado. O sorriso artificial, em uma boca muito mais larga que o normal não ajudava em nada para restaurar a aparência de normalidade do personagem.

De repente, o passageiro que estava discutindo com o cobrador saltou para o corredor e começou a fugir em direção à porta atrás de Yoric. O jovem pôde ver claramente a expressão de terror no rosto da pessoa quando os dedos enluvados do cobrador a agarraram pelos ombros, parando a corrida no ato. O passageiro tentou, sem sucesso, segurar-se em algo enquanto era arrastado de volta para a outra extremidade do vagão.

—Com licença, senhor passageiro, não aceitamos notas, apenas moedas. Se você ainda não comprou a passagem, pode comprá-la agora por apenas três moedas, —continuou recitando a voz do macabro funcionário.

—Três moedas, —comentou a voz profunda do elegante vizinho de Yoric. —É o preço para viajar no Saltamundos.

O jovem colocou as duas moedas na jaqueta e pegou a mochila. Ele realmente não gostava do que iria fazer, mas, não tinha outra saída. Se levantou do assento olhando para o extremo oposto do vagão.

Na escuridão, conseguiu ver as costas do condutor que caminhava com passo rígido carregando pelos ombros o passageiro que se debatia e gritava desesperadamente, sem conseguir se libertar. Yoric começou a andar rapidamente na direção oposta.

A Yoric lhe agradava viajar sem pagar. Parecia-lhe profundamente imoral, mas, já o tinha feito antes, em situações extraordinárias, e aquela madrugada estava indo além do extraordinário. De onde tinham saído aqueles personagens estranhos?

De qualquer forma, o truque para viajar sem pagar era relativamente simples, bastava evitar o cobrador. Podia andar na frente do funcionário, que o trem acabaria por chegar ao seu destino antes que o cobrador o alcançasse.

Afinal, a viagem durava aproximadamente quarenta minutos e o funcionário tinha que verificar a passagem ou cobrar de cada passageiro.

"A propósito, onde estou?"

Yoric caminhou até encontrar um assento desocupado na janela. Ele sentou-se e olhou através do vidro frio. Tentou encontrar algum ponto de referência que lhe mostrasse onde ele estava. Do lado de fora havia apenas luzes, dançando caoticamente e névoa tingida de tons sobrenaturais.

—Mas, que demônios...! —Yoric exclamou, em voz alta, enquanto, inconscientemente, tirava seu amuleto da sorte.

—Você tem medo de demônios?

O jovem olhou surpreso para o passageiro que tinha feito o comentário. Ele estava sentado no banco do outro lado do corredor e tinha os braços cruzados sobre o peito, exibindo os maiores bíceps que Yoric já tinha visto.

O passageiro vestia uma camiseta regata, que mal cobria seu torso musculoso, e calças esportivas. Estava usando tênis de corrida deslumbrantemente brancos. Sua cabeça estava coberta por uma daquelas toucas de tecido sintético que os cantores de *rap* costumam usar. Mesmo na penumbra da madrugada, ele usava óculos escuros esportivos com lentes alongadas iluminadas por um desconcertante brilho avermelhado. As luzes indescritíveis refletiam em sua pele escura e brilhante. Ele mexeu os lábios grossos adornados por um fino bigode que se conectava a um cavanhaque igualmente fino e bem cuidado e comentou, casualmente.

—Os demônios raramente usam o Saltamundos e sempre se comportam bem enquanto viajam aqui, então não há necessidade de ter medo.

O jovem ia responder alguma coisa, mas, naquele momento, a luz de uma pequena lanterna brilhou na entrada do vagão.

"Como ele chegou aqui tão rápido?" Yoric perguntou a si mesmo, quase em pânico. Guardou seu amuleto e tirou da jaqueta suas duas moedas insuficientes.

—Com licença, —disse o jovem, meio inseguro, dirigindo-se ao enorme vizinho, —você pode trocar uma nota em moedas para mim? Preciso de moedas para pagar a passagem...

O vizinho nem se dignou a olhar para ele e bufou em desaprovação.

—Eu não tenho moedas. Aqueles que não podem pagar o preço nem deveriam começar a viagem.

Yoric levantou-se novamente e continuou sua dissimulada fuga. Antes de passar para o próximo vagão, ele olhou por cima do ombro. Movendo-se em sua direção estavam os desconcertantes óculos verdes do cobrador. O jovem sentiu que o sorriso anormalmente largo que distorcia o rosto do funcionário ia dirigido a ele.

O trem continuou, a toda velocidade, sacudindo os vagões e seus passageiros. Yoric estava completamente perplexo. Pelos seus cálculos, já tinham se passado mais de algumas horas e não tinha havido nenhuma parada. Além disso, não havia sinal de amanhecer. O mesmo espetáculo de luzes impossíveis e alienantes continuava nas janelas.

O que estava acontecendo naquela madrugada? Enquanto caminhava pelo corredor dos vagões, ele relembrou os estranhos encontros que tinha tido naquela viagem insana.

"Por que todo mundo está chamando o Saltão de Saltamundos?"

—Passagens, por favor.

Yoric, quase dominado pelo pânico, viu que o cobrador estava a poucos metros dele.

O rapaz pegou seu amuleto da sorte e segurou-o com força na mão direita e começou a correr. Não avançou muito.

O jovem bateu de frente em um peito musculoso.

—Você não pode ir além deste ponto.

Yoric piscou, confuso, na escuridão. Diante dele, enorme como o fundo do universo, estava o passageiro com roupa esportiva e touca de cantor de rap, parado, diante de uma porta fechada, de cujo vidro filtrava-se uma intensa luz branca. Os braços musculosos cruzados sobre o peito titânico deixavam claro que aquele gigante não tinha intenção de sair dali.

A mente do jovem tentou processar como era possível que aquele personagem estivesse ali na sua frente, mas, a voz do cobrador repetindo sua ladainha esmagou a sua capacidade de raciocínio.

"Por favor..." Yoric gaguejou, quase chorando.

—Passagens, por favor.

O cobrador estava a apenas alguns passos de distância.

Yoric sentiu sua força abandoná-lo e seus joelhos começaram a ceder.

—Força, deixe-o entrar, por favor. Loucura quer perguntar-lhe algo, —escutou-se do outro lado da porta fechada.

A enorme figura bufou e deu um passo para o lado. A porta se abriu, iluminando o corredor.

—Pode entrar.

Yoric correu em direção à luz e o homem musculoso o seguiu. A porta se fechou atrás deles.

Os olhos do jovem demoraram alguns segundos para se ajustarem à intensa luminosidade do ambiente. Ele piscou, confuso, e olhou em volta. Aquele vagão era diferente, bem iluminado, sem janelas e com as paredes cobertas por prateleiras metálicas, cheias de pequenos cofres quadrados. Nos fundos, uma enorme porta circular blindada fechava a passagem. O espaço onde eles estavam era um pequeno vestíbulo. De cada lado, junto a cada parede, havia um assento com a respectiva mesa.

De cócoras, em um dos assentos, estava o primeiro personagem que Yoric tinha encontrado naquela noite. Sob a luz forte, sua aparência era ainda mais assustadora, ele tinha a pele acinzentada com roupas puídas e olhos completamente brancos, como se estivessem completamente tomados por catarata.

Yoric começou a se perguntar como era possível que aquele ser tivesse conseguido ler seus documentos na escuridão do trem, mas, o outro ocupante do local chamou sua atenção.

Sentado no banco do outro lado do carro estava o exótico passageiro vestido elegantemente de branco, ainda segurando um livro nas mãos enluvadas.

Yoric ia dizer alguma coisa, mas, em vez de articular palavra, o jovem caiu de costas, dominado pelo terror. Ele acabara de testemunhar que o exótico passageiro tinha tirado outros dois livros dos bolsos internos de seu sobretudo, enquanto o terceiro volume permanecia flutuando à sua frente.

Antes que o jovem pudesse se recuperar, a figura aterrorizante pulou da cadeira e caiu de cócoras, na frente dele. Yoric procurou a saída com seu olhar desesperado, mas, diante da porta pela qual tinha entrado, estava o titânico e musculoso passageiro com touca de cantor de rap.

—José María Caraballo Robles, que prefere ser chamado de Yoric, —começou a dizer o ser agachado, —você pode nos mostrar sua semente da curiosidade e nos contar como a obteve?

—Com licença, —gaguejou Yoric, —não entendo do que você está falando...

—A pedra que você usa como amuleto, —disse o vestido de branco, —como você conseguiu ela?

Yoric tirou o chaveiro. Sem dúvida, apesar da luz intensa do local, o desenho na pequena pedra em forma de lágrima brilhava com um esplendor amarelo.

—Isto? É uma pedra que encontrei no fundo do rio quando eu tinha uns sete anos. Tem esse rabisco estranho que parece ter sido gravado nele, mas, a superfície é muito lisa. Quando o encontrei, tinha até um buraco para passar uma corda e usar como enfeite. Antes desta manhã eu nunca tinha visto a coisa brilhar.

—Você nunca ouviu falar das sementes da curiosidade ou do símbolo amarelo? —perguntou o homem vestido de branco, consultando algo em um dos tomos flutuantes.

—Não sei do que estão falando. Eu nem sabia que era algum símbolo conhecido, sempre pensei que fosse apenas uma mancha de formato curioso.

A figura parada na porta bufou e Yoric sentiu o peso de seu olhar na nuca.

—Podemos saber por que você embarcou no Saltamundos hoje? —perguntou o de aparência terrível.

—Tenho que chegar cedo à Universidade. Hoje é a prova final de Cálculo II e estou estudando loucamente para essa prova há semanas. Não posso me atrasar.

Os dentes amarelados do cego ficaram ainda mais expostos no que parecia ser um sorriso. Ele começou a balançar como um chimpanzé enquanto cantarolava.

—Persiga o conhecimento, persiga o conhecimento, persiga o conhecimento, que ele te perseguirá... —ele parou, de repente, e olhou com seus olhos leitosos para o vestido de branco. —Saber, o que você acha?

—Quem busca com afinco o conhecimento geralmente encontra as sementes da curiosidade, embora, às vezes, aconteça o contrário, —comentou o questionado enquanto consultava uma linha de um de seus livros. —De qualquer forma, todos acabam em Carcosa…—uma estridente campainha elétrica o interrompeu. —Ah, sim claro, esse assunto está pendente. Força, abra a porta, por favor.

O titã obedeceu e se afastou.

No vão da porta, no seu uniforme azul com botões de metal, seu boné cilíndrico rígido com aba de couro envernizado, sua lanterna pendurada no cinto, suas luvas de camurça e seus óculos de armação redonda com intenso brilho verde, apareceu o cobrador.

Com um longo passo o funcionário se plantou bem atrás de Yoric. Abriu seu sorriso anormalmente longo e estendeu um braço perturbadoramente desproporcional, com a palma estendida para cima.

—Passagem, por favor. Se você ainda não comprou sua passagem, não se preocupe, você pode comprá-la agora comigo pelo modesto preço de três moedas.

Yoric levantou-se lentamente. Virou-se até ficar de frente para o funcionário sorridente. O jovem estava tremendo e gotas de suor frio escorriam por sua testa. Com a mão trêmula, ele colocou as duas moedas na palma estendida do cobrador.

O sorriso do cobrador se abriu ainda mais, quase alcançando suas orelhas, e uma fileira de dentes brancos brilhou ameaçadoramente sob a luz forte.

—Três moedas, —a voz soava como peças de aço afiado esfregando-se umas nas outras.

Yoric suspirou, já pronto para se render ao seu destino, quando uns dedos curvados com unhas longas e descuidadas colocaram outra moeda na palma da mão do cobrador. O jovem piscou, confuso.

—José María Caraballo Robles, tem certeza de que deseja aceitar a moeda do Loucura? —perguntou Saber, com sua voz profunda.

—Prefiro ser chamado de Yoric, —respondeu o jovem, —e, sim, aceito.

O cobrador colocou, cerimoniosamente, o pagamento em uma sacola pendurada no seu cinto. Pegou um bloco de passagens, rasgou um e entregou-o a Yoric.

—Aproveite sua viagem.

O funcionário deu meia volta e se dirigiu para a saída. Já no vão da porta, consultou um grande relógio de bolso e anunciou.

—Próxima parada em dois minutos.

E continuou seu caminho pelo corredor escuro até desaparecer de vista.

Yoric, ainda confuso, olhou para baixo e leu sua passagem recém-adquirida. Impresso em letras verdes podia-se ler: "SALTAMUNDOS. Uma passagem"

—Alguém pode me explicar o que está acontecendo aqui? —perguntou o rapaz sem se dirigir a ninguém em particular.

Naquele momento, ouviu-se um apito estridente e o trem parou com um solavanco repentino.

—Esta é a sua parada, —disse Loucura, saltando para seu assento, onde ficou de cócoras novamente. —Acho que você não vai querer perder sua parada.

Força abriu a porta e fez um gesto com a cabeça, convidando o jovem a sair. Yoric correu em direção à saída.

—Espero que nos vejamos novamente, —comentou Saber.

—Espero que não, —disse o jovem ao cruzar o umbral e a porta se fechar atrás dele.

—Tenho certeza de que nos encontraremos novamente, —cantarolou Loucura enquanto balançava com seu jeito simiesco. —No final das contas, você me deve uma moeda.

Yoric pulou na plataforma que, como esperado, estava cheia de gente andando, apressada. Ele ainda se sentia desorientado, assim que olhou para cima, na esperança de adivinhar a hora pela clareza do amanhecer, mas, para sua decepção o céu era uma massa cinzenta, tingida pelas luzes que dançavam caoticamente com tons sobrenaturais.

O trem do qual ele tinha descido deu seu apito estridente, de costume e continuou seu caminho, perdendo-se em uma espessa neblina.

Muito irritado, Yoric procurou uma das placas de informação para tentar se localizar. Resistindo aos empurrões dos transeuntes, ele avistou uma das placas brancas com letras pretas. Com cotoveladas e empurrões, ele se aproximou da placa para vê-la melhor.

Um arrepio percorreu sua espinha e suor frio banhou seu corpo.

Perdeu toda esperança de chegar a tempo para a prova para a qual tanto estudara.

Mesmo tendo certeza de que não conseguira reconhecer os caracteres impressos na placa, sua mente entendeu claramente o que estava escrito nela.

"Estação Central de Carcosa".

PERDIDOS NA TAIGA

Era uma vez um cubano, um alemão e dois espanhóis. Não, sinto muito desapontá-los, mas, essa não é uma daquelas piadas infames em que três ou quatro homens de nacionalidades diferentes entram em um bar. Os quatro colegas não entraram em uma lanchonete tranquila depois de caminharem por uma rua ainda mais pacata, flertando com lindas garotas nas calçadas.

Os sujeitos desta história, inclusive eu, entraram em um terrível floresta boreal acima do paralelo 58, no meio do inverno mais rigoroso que este século já viu, em 1943. Fomos enviados para aquele inferno branco apenas para lutar contra os Vermelhos em sua própria pátria, através das florestas inescrutáveis do *oblast* de Leningrado.

Já vi centenas de homens morrerem de formas atrozes, tanto nos campos de batalha como no *gulag* onde estou detido, mas, nada disso se compara ao que tivemos a infelicidade de enfrentar nesses lugares perdidos, porque não foram os soviéticos os que devastaram nossos corpos, mentes e almas, assim como não foi o frio intenso. Teria preferido que fosse assim, porque o que enfrentamos, e que está descrito detalhadamente neste diário, foi incomparavelmente pior... foi o desconhecido.

13 de fevereiro...

—Olha, —García tirou a mão da luva de lã, mostrando-me que as pontas dos dedos tinham começado a ficar pretas pelo frio. —Não os sinto mais. Se continuar a se espalhar, vou cortá-los.

Walter olhou com compaixão para as mãos dormentes do cabo e de bom grado tirou suas luvas, oferecendo-as a Garcia.

Nunca entendi o que uma pessoa de tão bom coração estava fazendo num lugar como aquele. Ele certamente tinha sido ludibriado pela mesma propaganda que nos enganou. Walter poderia muito bem estar lá, na sua Baviera natal, servindo como gendarme e passando todas as noites com a família, dormindo em frente à luz quente de uma lareira.

O cabo García aceitou sem dizer uma palavra, franzindo a testa. Desprezava a misericórdia dos outros, mas, estava ciente da precariedade do seu estado e que Walter não sentia pena dele, mas sim, o sangue do alemão estava habituado a climas mais frios do que aquele que corria pelo corpo andaluz do cabo, por isso algumas horas de frio não incomodariam muito o teutão. Então engoliu o orgulho ibérico e, com o seu habitual caráter de cabo com ares de sargento, pegou as luvas sem sequer agradecer.

Observei a ação nobre do alemão e aproveitei o momento para descansar um pouco do peso que carregava nos ombros. O fardo que eu carregava era nada mais e nada menos que quem eu considerava o maior idiota da Divisão Azul. Ele não apenas tinha perdido nossa inestimável Mg42 sabe-se lá onde, mas, também foi baleado enquanto urinava debaixo de um pinheiro, revelando assim nossa posição.

É por isso que eu o carregava como uma mula. Pelo menos essa era a minha vez.

Mateo, como é chamado o referido "Galego", tinha um dom indiscutível para temas científicos e coisas do gênero. Mas, não há quem lhe tire o ar de confusão que sempre traz consigo, honrando assim o estereótipo de bobalhões que possuíam os galegos, povo cortês demais para ser assim considerada.

García e eu o conhecemos na estação de trem na que embarcamos rumo Alemanha para sermos treinados como soldados. Juntos, rimos demais. Vivemos e vimos bastante também, a ponto de nos considerarmos como irmãos. Praticamente marchamos a pé da Polônia até aqui, acampando onde fosse possível e vendo as atrocidades dos guetos e campos de extermínio.

Novgorod foi nosso batismo de fogo. Já com a chegada do inverno, conseguimos tomar a margem do Voljov para resgatar um grupo de alemães que resistiam aos ataques do inimigo. Foi lá que conhecemos Walter, membro de uma das divisões mais fracas e menos preparadas da Wehrmacht. Ele imediatamente ficou muito agradecido por termos salvado sua vida e permaneceu conosco desde então. Nunca conheci uma pessoa mais agradecida do que ele.

Depois daquela travessia, fomos dirigidos para as proximidades da cidade de Leningrado, recebendo ordens para ocupar posições defensivas em Krasny Bor.

Os russos conseguiram romper o cerco de quase 900 dias imposto pelos alemães. É compreensível que, dada a imensa superioridade numérica dos soviéticos, nossa divisão tenha sido quase aniquilada. Dos cinco mil homens que restavam, metade foi dizimada.

Um grupo de vinte homens conseguiu escapar para a floresta gelada e, desses, restamos apenas García, Walter, o Galego ferido e eu, Juanma, quem relata e escreve estas linhas, sentindo que vai morrer de hipotermia ou numa emboscada nesta floresta interminável na qual eu e meus três companheiros estamos perdidos.

Deixo minhas memórias registradas no papel, esperando que algum dia alguém as encontre entre minhas mãos frias e saiba que vir aqui foi a pior decisão. Papai, mamãe... sempre os amei.

14 de fevereiro...

—Ai, mas, que fofo! —disse García ao pegar meu pequeno diário do bolso do meu casaco. —Não sabia dessa sua faceta de escritor. Calma, eu também sentiria falta dos meus pais se eles estivessem vivos.

Levantei-me ruborizado ao receber o livrinho que ele me devolveu. Walter também ria por baixo do cachecol que cobria metade do seu rosto. Ele também tinha lido meu diário, sem dúvidas. Apesar do tom zombeteiro, a expressão no rosto de García era bastante séria. Dava a impressão de um homem visivelmente preocupado, mas, que de alguma forma elevava a moral do grupo com sua jocosidade.

—Vamos, bela adormecida. Hoje tem mais neve do que ontem e será difícil caminhar com esse traste a reboque, —disse, apontando para o ferido Gallego. —Vamos construir um trenó para ele. Seguiremos nosso caminho em direção ao Sudoeste.

Depois de construir o veículo improvisado juntando galhos longos e robustos com uma corda e uma lona por cima, nos colocamos em marcha novamente. A neve caída na noite anterior fazia com que nossos pés se afundassem quase até os joelhos, avançando assim em um ritmo bastante lento. Cerca de duas horas depois, sentimos uma explosão intensa na direção Noroeste que nos colocou em alerta.

—Campos minados, —disse Walter, com expressão de alarme, mas, com o fuzil sobre os ombros e os braços apoiados no objeto como se fosse um espantalho, dando a impressão de que não era grande coisa.

—Assim é. Estão muito perto.

—Os russos? —disse eu, acariciando cautelosamente a correia do fuzil nas minhas costas.

—Não, idiota. As minas.

—De carvão? —riu Walter.

—Não. Mas, com certeza podem te transformar em pouco menos do que uma mancha preta no chão. Então, senhor comediante, você fica aqui, cuidando do Gallego. Nós iremos inspecionar. —García entregou-lhe sua metralhadora Mp40. As feições de Walter mudaram repentinamente ao saber que ficaria sozinho com um ferido em meio a uma floresta cercada de inimigos. — Encha de chumbo qualquer coisa que se mova e nós ouviremos. Tenha muito cuidado com os franco-atiradores, "mineiro".

À distância, percebi o tremor do pobre Walter, girando inquieto a cabeça sob seu *stahlhelm* e olhando, com olhos suplicantes, para que não o deixássemos ali.

—Não se preocupe, —dizia García sem sequer olhar para trás, —apenas será uma olhada. Podem ser os nossos em retirada ou os russos nos espreitando. Um pouco de responsabilidade na solidão não faz mal a ninguém.

—Em uma guerra, sim.

García calou-se e me ofereceu um cigarro enquanto subíamos uma elevação do terreno onde a neve não era tão espessa e caminhávamos com mais facilidade. Sabia que eu não fumava e ainda assim me atormentava oferecendo cigarros sempre que não podia responder a um argumento em uma discussão.

—Observe isso, —disse, quando chegamos à clareira da floresta em que ocorreu a detonação, a cerca de duzentos metros de onde estávamos.

—Meu Deus, —fiquei horrorizado com o que estava diante de nós, na pequena cratera que se formou com a explosão.

—Pois bem, nem um nem outro. Parece que a *babushka* saiu para buscar lenha e virou carvão, como diria o comediante Walter. Não é verdade, Juanma?

O que vimos ao redor da cratera foram os restos de uma pobre avó que, aparentemente, nunca tinha evacuado o lugar em que vivia. Claro, quem precisaria fazer isso em um lugar tão afastado como este, onde qualquer um poderia se perder para sempre e ninguém notaria? Os soviéticos aproveitavam esses lugares para nos emboscar, mas, nesta ocasião, esse não era o caso.

O corpo envolto na fumaça negra que ainda saía do buraco estava deitado, de bruços. Possivelmente, suas pernas ausentes tinham saído voando em pedaços, assim como seu antebraço direito. O torso crivado pelos fragmentos da própria mina e das pedras ao redor estava coberto por um *sarafan* marrom sob um casaco preto de pele, e sua cabeça, assim como as pernas, também tinha sido separada do corpo e não a vimos em lugar algum.

—As pessoas inocentes sempre têm que pagar o preço.

—Vamos. Vamos ver como Walter se saiu na sua missão.

García tinha terminado de dizer suas frias palavras quando ouvimos uma rajada estridente de metralhadora na direção onde estava o Walter.

—Droga, e falando do rei de Roma...—disse García, antes de começarmos a correr até o lugar em que tínhamos deixado o Gallego e Walter. Finalmente chegamos, ofegantes e com a garganta raspada pelo ar congelante, onde estavam nossos companheiros.

Walter tinha sido bastante cauteloso ao colocar alguns galhos sobre o trenó como forma de camuflagem. Também tinha se escondido na neve com seu capacete envolto em uma lona branca para não ser visto por qualquer esquadrão inimigo que quisesse emboscá-los.

Quando o vimos, estava de pé, com o casaco coberto de neve e a arma em punho.

—Algo me atacou, —disse.

—O que?

—Não sei. Era um tipo de animal. Eu nunca antes tinha visto uma criatura como essa, era um pequeno monstro.

—Ele te mordeu? —perguntei, ao ver que cobria o antebraço enquanto fazia caretas de dor.

—Sim, dói como o diabo. Não sei o que era aquela coisa, mas, consegui atirar nela. Saiu correndo naquela direção.

Walter apontou para um rasto de um estranho líquido negro com iridescências avermelhadas deixado na neve fresca. As pegadas pareciam de ave, talvez de galinha. Mas, havia dois pares de marcas, sugerindo que eram dois animais.

—Walter, não vai me dizer que foi atacado por um par de galinhas selvagens, filho da mãe, —disse García, com desdém, pressionando a ponte do nariz com o polegar e o indicador, como se estivesse com uma forte dor de cabeça.

—Acha que uma galinha poderia ter feito isso? —subiu a manga do casaco, visivelmente ofendido por ver questionada a veracidade do que dizia. Mostrou-nos uma ferida que parecia feita por um cachorro pequeno, com o mórbido detalhe de uma bifurcação no meio, dando a impressão de uma deformidade na mandíbula do animal.

—O inimigo pode ter ouvido o tiroteio a vários quilômetros. Você deveria ter usado a faca, —repreendi, tentando ignorar a estranheza da ferida.

—Sigam o rasto negro, —disse ele, sem quase ouvir minha recriminação. —Eu não quero ver para aquela coisa nunca mais.

Com grande curiosidade, seguimos o rasto da estranha criatura que tinha atacado nosso companheiro.

—Se for uma galinha ou uma doninha, eu faço o curativo da sua ferida, mas, com um cigarro! —gritou García ao começar a andar, ao que Walter respondeu, sarcasticamente...

—Apenas obedecia a uma ordem, senhor, "encha de chumbo tudo o que se mover"! Lembra? Acho que o ataque de uma criatura conta como movimento, cabo!

—Ande e cale a boca por um instante, alemão dos infernos! —a vontade histérica de soltar uma gargalhada que tive com tal discussão entre um e outro se desfez quando vi a coisa que estava destroçada a tiros sobre a brancura da neve.

—García. Você sabe algo de biologia? —perguntei, meio de brincadeira e meio assustado, em uma tentativa patética de imitar o caráter brincalhão do meu amigo Walter diante da adversidade.

—Nem ideia, —respondeu, girando-se depois de mostrar o dedo do meio para Walter. —Por que pergunta...? Mãe de Deus, de que inferno saiu esse bicho?

Até García, o homem com os nervos de aço mais temperado da Divisão Azul, deu um salto para trás, observando, com nojo, o que parecia ser um furão sem pelo, mas, com quatro patas de galinha cobertas por uma pele azulada e cinzenta.

Tinha a cabeça torta para um lado e possuía duas mandíbulas superiores, explicando, assim, a forma da ferida de Walter. Além disso, por alguma inexplicável razão, tinha horríveis tentáculos escuros nos lados da cabeça. Estava caído sobre uma poça iridescente de seu próprio sangue negro.

Só Deus sabe com que doenças essa distorção da natureza poderia ter passado para o Walter, então, na volta, desinfetamos a ferida com álcool e a enfaixamos. Depois, decidimos voltar na direção do campo minado. Possivelmente, a casa da falecida velha não estaria muito longe daquele local e assim, teríamos um abrigo no qual passar a noite.

Para nossa infinita surpresa, encontramos a cratera vazia. O corpo destroçado já não estava lá. Em vez disso, havia uma grande mancha do que até alguns minutos parecia sangue, mas, que agora era uma poça de uma gosma enegrecida e iridescente.

—É o mesmo sangue daquela coisa, —a voz de Walter tremia e não pelo frio.

—Ande e cale a boca. Como pode ser o mesmo? —respondeu García, sem ter a menor ideia de como o corpo sem vida desapareceu. —Quantas pessoas você conhece que saem correndo sem cabeça e sem pernas após uma explosão dessas?

—Eu não insinuei que ela escapou—intervi, igualmente desconcertado. —O sangue não teria tempo de coagular assim. Além disso, o sangue coagulado não deveria ter essa cor. É idêntico ao daquela criatura estranha.

—Algo não está certo neste lugar. —Walter olhava em volta, como se esperasse que algo de indescritível espanto surgisse entre as árvores silenciosas. García, com sua eterna voz carregada de ceticismo e sarcasmo, replicou...

—Você tem razão. E sabe o que não está certo? Olhe para baixo e responda você mesmo. Estamos em um maldito campo minado! Este não é o momento para histórias de bruxas! Talvez algum bicho carniceiro tenha levado à velha. E o sangue... ela pode ter bebido amônia ou sei lá o quê. O importante, agora, é encontrar uma maneira de sair daqui.

A atmosfera ia ficando mais densa e começavam a cair leves flocos de neve. Após cerca de cinco horas de caminhada, as cortinas de pinheiros imensos pareciam nunca acabar.

—Se seguirmos as pegadas da velha, sairemos a salvo, —meu comentário pareceu acalmar García por um momento, até que compartilhei em voz alta minha conjectura, —mas, preste atenção em uma coisa. As marcas estão lá até a mina pisoteada, mas, não há nenhuma que mostre que ela tenha fugido ou sido arrastada por um animal ou pessoa. Nada, é como se...

—Como se tivesse voado? —a voz vinha do trenó onde Gallego estava deitado sob um cobertor grosso. Estava consciente e aparentemente tinha ouvido nossa conversa.

—Ah, olhe quem acordou. Vamos deixar *Babba Yaga* voar tranquilamente pelos pinheiros e nós vamos nos concentrar em encontrar uma maneira de sair com vida desta armadilha.

Atravessamos a perigosa clareira seguindo as mesmas pegadas deixadas pela velha e entramos novamente na floresta, em uma seção ainda mais densa e escura que a anterior, tanto que a luz entrava, tênue, em finos feixes, através dos galhos congelados. O ar também estava mais carregado do que o habitual, e eu sentia uma aura estranha, alheia a qualquer coisa que meus sentidos já tivessem percebido antes, sentindo que meus companheiros também eram submersos nessa rara sensação que emanava da própria floresta.

A atmosfera ia ficando mais densa e começavam a cair leves flocos de neve. Após cerca de cinco horas de caminhada, as cortinas de pinheiros imensos pareciam nunca acabar.

O universo parecia se reduzir a uma floresta eterna e tenebrosa, uma crescente tempestade de neve e quatro homens meio mortos de fome. Dois deles, feridos e doentes, pois Walter começava a sofrer de uma febre, acompanhada de alucinações raras. Possivelmente, devido à mordida do deforme animal.

Queríamos encontrar a casa da falecida mulher, mas, fazia muito tempo que tínhamos perdido seu rastro. A neve que caía continuamente já tinha apagado todas as pegadas.

Após intermináveis horas de peregrinação pela floresta, chegamos, por acaso a uma clareira em que um avião Heinkel 111 da Luftwaffe tinha caído, aparentemente, já há algum tempo. Pensando que o aparelho destruído poderia conter provisões ou munições, decidimos passar a noite no local. Por razões óbvias, seria uma burrice colossal acender uma fogueira em nossa situação atual, embora o clima, cada vez mais hostil, parecesse prometer uma nevasca bárbara durante a noite.

Aproximamo-nos do local do acidente. As copas das árvores próximas estavam cortadas de Norte a Sul. Possivelmente, o avião vinha de algum ponto próximo à capital do *oblast* rumo ao istmo da Carélia, perseguido pelos caças russos que o derribaram aqui.

Na cabine, os dois pilotos estavam mortos em seus assentos. Tinham morrido no instante do impacto e seus corpos estavam congelados. Nós os tiramos do veículo e procedemos a vasculhar em busca de qualquer coisa que pudesse servir de alimento ou medicina para o Gallego e para o cada vez mais abatido e delirante Walter.

O Heinkel estava inclinado sobre um lado, mantendo uma das asas no ar e a outra, completamente despedaçada, no chão. Os vidros da cabine estavam todos quebrados e a fuselagem cheia de marcas de balas e estilhaços. No interior, encontramos dois pães mofados, um pequeno kit de primeiros socorros e várias caixas de munição para as MG13 do avião. O compartimento das bombas também estava completamente vazio.

Aquilo não era uma daquelas isbás eslavas que se encontram por essas regiões, aquecidas por uma pitoresca lareira, mas, era melhor do que a intempérie. Então, acampamos ali.

À noite, o clima não melhorou. Toda a tarde tinha nevado e, na madrugada, a ventania alcançou seu auge. A estrutura metálica do avião bloqueava os golpes do vento, mas, não isolava o frio.

Depois de estabelecermos nosso refúgio improvisado, trocamos as bandagens do Gallego e desinfetamos a ferida de Walter.

Os pedaços de pão endurecidos pareciam lamentáveis, mas, estávamos tão famintos que os devoramos como se fossem um manjar dos deuses. Enquanto comíamos, García vigiava através dos vidros quebrados das janelas.

—Parece que não vai parar até amanhã. Fechei a porta da cabine porque, pelo vidro quebrado, entrava um vendaval que parecia que o próprio diabo estava soprando lá fora. Aqui, aleijado, —disse o cabo, esfregando as mãos e tirando as luvas para devolvê-las a Walter. —Os pilotos deste ferro-velho não vão mais precisar de luvas, então peguei-as emprestadas. Obrigado.

Mas, Walter não ouvia nada, mergulhado em um inquietante torpor que o fazia balbuciar como um moribundo. Suas mãos, até esta manhã rosadas e de aparência viva, tinham se tornado pálidas e marcadas por veias azuladas.

O Gallego dormia, enquanto Walter repetia as mesmas ladainhas, meio em alemão e meio em espanhol, tremendo de febre e de frio.

—Estou com muito medo. Ela me marcou. Sua cria deformada o fez. Os seiscentos a adoram... *Die schwarze Ziege des Waldes*. Eu não estou morrendo, estou me transformando. *Gott... hilf mir*.

As incoerências que dizia Walter me gelavam o sangue mais do que os cinquenta graus negativos que se infiltravam pela claraboia da aeronave. Sua saúde física e mental tinha se deteriorado bastante rápido desde que foi atacado por aquela pequena criatura. Já quase não podia reconhecê-lo devido ao seu estado.

—Ei, Juanma, venha ver isso.

García levantou-se subitamente da lateral da janela e espiou o horizonte limitado através do para-brisa da torreta superior, alertado por algo que tinha visto lá fora. Levantei-me, ansioso, para saber o que tinha chamado tanto sua atenção, mas, quando fiquei em pé, Walter me segurou, implorante, pelo braço, para que voltasse ao meu posto. Walter não tremia apenas de frio ou febre intensa. Ele tremia de terror, e podia sentir isso através de sua mão.

—Não!... Não deixe que me leve! Está vindo por mim! Fui marcado por ela! Meu Deus, Juanma, não me abandone! Não deixe que me leve com os tambores e as flautas para o Vazio Eterno! Não, por favor!

—Mas, o que está acontecendo com você? Tente se acalmar, você vai nos denunciar, —consegui me desvencilhar de sua mão e ele ficou se balançando entre seus cobertores e batendo a cabeça contra a parede de metal.

Já de pé ao lado de García, ele me indicou um ponto na distância. Afiando a vista naquela direção, percebi dois pequenos pontos brancos, como os olhos de um animal noturno.

—Você acha que é um cervo? —perguntei.

—A esta hora e com este tempo...?

—Também não deve ser um urso. Eles hibernam nesta época.

Como se respondesse à minha conjectura, Walter começou a gritar freneticamente, se sacudindo impetuosamente como um animal selvagem.

—É ela, é ela! Atirem, façam o que for, mas, não deixem que me pegue! Ela sabe que estou aqui e está vindo por mim!

—Cale a boca já, porra! —ordenou García, à beira de perder a paciência. Walter obedeceu parcialmente à voz imperiosa do cabo, voltando a balbuciar sua ladainha doentia.

Continuamos olhando na direção dos dois pontinhos luminosos que brilhavam na nevasca, e desta vez, conseguimos distinguir uma silhueta estranha atrás deles. Uma sombra do que parecia uma pequena árvore, mas, que não estava lá antes e que, além disso, se movia, ou dava essa impressão. Além disso, a forma da suposta árvore não correspondia às das coníferas da região. Não correspondia a nada que já tivéssemos visto.

Depois de alguns segundos, os dois olhinhos se moveram para o lado e pudemos ver, pasmos, uma silhueta. Não a de um urso nem a de um cervo, mas, a de uma pessoa. Era impossível que alguém estivesse a essa hora, sozinho, no meio do nada e sob um frio terrível.

No entanto, ali estava, quase indistinguível, examinando as ruínas do avião onde nos abrigávamos da noite gelada. Senti até os ossos que, de alguma forma mórbida, a coisa lá fora sabia que estávamos aqui e se deleitava com o fato de que não conhecíamos suas intenções.

—Se chegar mais perto, vou atirar.

García levantou sua arma e eu o imitei. Apontamos os dois para aquilo lá fora, nervosos com a voz delirante de Walter em seu canto. Até o Gallego acordou naquele momento.

Como se adivinhasse nossas intenções, aquilo que nos espreitava se afastou, entrando na escuridão como um espírito corrompido da floresta. Baixamos nossas armas, Walter conseguiu se acalmar um pouco, o Gallego voltou a dormir e eu me sentei, apoiado na porta da cabine, deixando de prender a respiração.

García, que era menos detalhista que eu, não pareceu reparar na sombra de outra figura que estava além da linha das árvores. Era muito angustiante olhar lá fora, onde não havia nada por quilômetros e não se podia ver além do seu nariz, então, decidi não fazê-lo novamente. Tudo pareceu voltar para uma calma profunda, mas, deprimente.

Walter, junto com o Gallego, já estava dormindo também sob um grosso casaco de aviador que tínhamos tirado de um dos pilotos mortos. García molhou um pano com água de seu cantil e o colocou na testa de Walter. Depois, sentou-se ao meu lado com um cigarro na mão.

—Não vou vigiar mais. Com este clima, nem os russos irão se atrever a procurar alguém por aqui. Tudo o que queremos é dormir, não é?

—Sim. Não foi fácil arrastar o dia todo esse idiota do Gallego. Mas, e se a nevasca parar e continuarmos dormindo?

—Bem, nesse caso, já veremos.

Com essa frase tão despreocupada, García pegou sua manta e se enroscou de lado, adormecendo, rapidamente.

Agora estou sozinho, acordado, ouvindo o vento assobiar sobre a carcaça metálica do avião. O assobio gélido e os roncos dos meus três companheiros são os únicos sons que me acompanham, me embalam e me fazem pensar na imensidão que nos cerca, como se estivesse em um submarino rodeado pelas águas tenebrosas do oceano.

Aquilo que avistamos lá fora me deu uma impressão de familiaridade terrível, como se já o tivéssemos visto antes. A maligna perversidade daquela presença parece demasiado grande para pertencer a este mundo, no entanto, lá estava, nos rondando como um predador à sua presa.

Só espero, com toda a minha alma, que aquela coisa não apareça novamente esta noite.

Os eventos estranhos se acumulavam: o cadáver desaparecido da *babushka*, a abominável criatura que mordeu ao Walter, o sangue iridescente e as duas figuras estranhas no exterior do nosso refúgio.

Walter estava certo naquele campo minado. Algo não está nada bem por estas florestas.

15 de fevereiro. 16:30...

O céu amanheceu pontilhado de nuvens cinzas e opalescentes. A tempestade provavelmente tinha parado pouco antes do amanhecer e a neve se acumulava copiosamente sobre as asas do avião e nos galhos dos pinheiros. Tudo estava tranquilo ao ponto da exasperação. Os pintarroxos e melros deixavam ouvir seu leve canto nos bosques próximos, o vento leve movia os pedaços de metal rasgado nas laterais do leme da cauda do Heinkel, sacudindo da mesma forma leve as copas cheias de neve nas bétulas.

Walter tinha morrido durante a madrugada.

O fato me atingiu com força. Tudo ao meu redor permanecia em uma espécie de limbo.

Walter tinha sido um excelente camarada e portador de uma bondade que não correspondia ao estereótipo de nazista que o mundo inteiro tem dos alemães. Até García sabia disso e notava a triste ausência de uma pessoa tão alegre.

—Como ele morreu?

—De hipotermia ou de hidrofobia ou de uma mistura disso, não sei. Estava tendo muitas alucinações antes de morrer.

—Tudo começou depois da mordida daquele bicho. Mas, a hidrofobia não mata tão rápido. Vou revisar o corpo.

—Já o enterrei.

—Onde você o enterrou?

—O que importa? Ele está morto.

—Mas, eu posso examiná-lo.

—Por acaso você é médico? Para que quer examiná-lo? —ele falava de costas, enquanto fumava outro cigarro. Sua maneira evasiva de se comunicar comigo despertou algo dentro da minha mente que dizia que ele escondia coisas relacionadas à morte de Walter.

—García... há algo que você não quer me dizer?

Ele baixou a cabeça e deixou cair o cigarro que se afundou na neve, derretendo-a com seu calor.

—García...—insisti várias vezes, aproximando-me dele e virando-o pela manga do casaco, —o que aconteceu com Walter? O que você fez com ele? Responda-me! Fale, García...! o que você está me escondendo?!

—Nada, homem, nada! Você está insinuando que eu o matei?! Que me livrei dele porque um ferido, um doente, seria um estorvo?! Você acha que eu mataria um doente por pensar que ele é fraco como se eu fosse um porco nazista?!

—Então responda-me! Como ele morreu? —quando eu perguntei tal coisa, os ânimos já estavam acirrados e gritávamos um ao outro segurando-nos pelo colarinho do uniforme, discutindo como dois loucos no meio do silêncio espectral da floresta. Só então baixei a voz, temendo que alguma patrulha inimiga pudesse nos ouvir.

—É tão difícil me explicar?

—Acordei bastante tarde. A nevasca já tinha terminado. O Walter estava jogado no mesmo canto onde você o deixou. Já nenhum medicamento no kit de primeiros socorros surtia efeito. Pelo contrário, todos pareciam piorar sua condição. Quando revisei a ferida, estava muito escura e ele não parava de balbuciar e dizer que via e ouvia coisas... não sei o quê de uma cabra preta. Mais tarde, ele se contorceu e tentou gritar, mas, caiu entre as mantas e nunca mais se levantou. Depois o tirei do avião e o enterrei junto com os outros dois alemães. Isso é tudo, eu juro, Juanma.

Sua voz não era a mesma voz endurecida de sempre, mas, tinha o tom mais triste e os olhos mais angustiados que eu já tinha visto nele desde que nos conhecemos. Por um momento, acreditei nele. Mas, surgiu uma dúvida. Por que Walter tentou gritar, mas, não conseguiu, segundo García? O que o impediu de fazer isso? Será que ele se engasgou entre seus próprios espasmos? Ou será que García...?

—Você está ouvindo isso? Precisamos entrar no avião, agora!

García interrompeu meus pensamentos. Pude ouvir o leve, mas, cada vez mais forte, rumor de motores se aproximando. Não vinha de dentro da floresta. O som vinha do ar.

—Mexa-se, idiota, eles vão te ver!

Fiquei absorto por alguns instantes até que a exclamação de García me fez reagir. Corri rapidamente para o nosso refúgio enferrujado. Ficamos olhando para o céu cheio de zumbidos dos Sturmovik de assalto e reconhecimento que cruzavam o céu opalescente, provavelmente procurando inimigos remanescentes em retirada, como nós. Vimos cautelosamente os aviões inimigos passar por cima da cúpula de vidro da torre.

Do chão, as aeronaves pareciam grandes cruzes de aço que nos sobrevoavam. Se nos detectassem, podiam nos transformar em purê com suas poderosas metralhadoras.

—Precisamos ir embora já, —disse García depois que todo o esquadrão aéreo se foi. —Os russos estavam esperando o fim da nevasca para continuar avançando. Logo os tanques estarão perto.

Antes de podermos ouvir o temível rugido dos tanques, já estávamos em marcha através da taiga mais uma vez. Arrastávamos o mais rápido que podíamos o ferido Gallego no trenó.

À medida que nos internávamos na floresta em direção ao Oeste, sentia cada vez mais vívida essa estranha aura sombria que cobria como um manto todo este desolado lugar. Era como se eu sentisse a cada instante um olhar insidioso escondido entre os troncos frios. Como os ominosos olhos que nos espreitaram na nevasca na noite anterior.

Com a morte de Walter, essa sensação aumentou. Parecia que a alma do falecido nos espreitava para nos advertir de algo muito horrível lá, para onde quer que estivéssemos indo agora. Algo de que ele talvez tentasse nos prevenir pouco antes de perder a vida.

16 de fevereiro. Altas horas da madrugada...

Na manhã de ontem, tínhamos abandonado as ruínas do Heinkel com o Exército Vermelho quase nos alcançando. As intermináveis florestas que atravessávamos durante todo o dia ficavam cada vez mais fechadas, parecendo que até os pinheiros do lugar eram camaradas imóveis dos russos, cumprindo a missão de tornar nosso avanço mais difícil.

Quase ao anoitecer, deixamos de ouvir o ronco distante dos tanques. Parece que eles não apenas estavam tendo problemas para avançar junto com a infantaria em terrenos tão acidentados, mas, também, assim como nós, perceberam que começava a nevar novamente.

Apesar de García supor que o inimigo acamparia a uma distância segura, ele ordenou que não parássemos até a noite estar bem avançada, para assim colocarmos ainda mais distância entre nós e eles. Seria então o momento propício para montar uma barraca sob uma rocha ou entre as raízes de uma árvore.

De repente, uma casa apareceu à nossa frente.

Já nem esperávamos encontrar a cabana da mulher do campo minado desde que perdemos seu rastro. Estávamos tão longe do lugar onde acreditávamos que a *babushka* tinha encontrado seu fim explosivo que, a princípio, pensamos que aquela isbá devia pertencer a outra pessoa.

A construção estava em uma clareira no meio do nada. Sustentada pelo que um dia foram quatro árvores, cujos troncos tinham sido cortados a uma altura bastante incômoda como para derrubá-los a machadadas, erguia-se a cabana solitária, feita de madeira de bétula. Os troncos enraizados que serviam de alicerces davam a aparência de que duas galinhas colossais estavam escondidas na cabana, e só as suas patas ficavam expostas.

Na minha mente surgiu a imagem da repugnante criatura cuja mordida tinha causado a morte de Walter. Um calafrio percorreu minha espinha.

Pingentes de gelo pendiam diante da porta fechada. Os pórticos e janelas também estavam fechados. Da chaminé não saía fumaça. Confiando que ninguém ocupava o lugar, decidimos entrar.

Mas, algo chamou poderosamente nossa atenção. Enquanto subíamos as escadas que conduziam ao portal elevado, ouvimos um berro desdenhoso vindo da parte traseira da cabana. Enquanto García continuava em direção à porta da cabana, fui investigar.

—Ei, García, venha ver isso.

—O quê?

Era uma cabra amarrada a uma das "patas" da casa. O animal tinha uma pelagem de um preto impecável, contrastando com os arredores como uma mancha de alcatrão sobre uma camisa branquíssima. É um pouco absurdo dizer isso, mas, o bicho possuía olhos penetrantes. Atrás de suas pupilas retangulares, dava a impressão de possuir um grau quase humano de inteligência.

Os olhos da criatura pareciam quase nos convidar a entrar na cabana. Tudo com aquele mesmo manto de malignidade que eu tinha notado ao longo de todo o caminho. García, é claro, com uma mentalidade mais rude do que a minha, não percebia nada e, observando o animal, tirou-me de minha estranha meditação, exclamando...

—Ora, ora. O que você tanto olha para esse bicho? Não vai me dizer que se apaixonou pela cabra, né?

—O que você está dizendo, homem...? Apenas acho estranho que, se não morasse ninguém aqui, essa cabra não estaria ao ar livre. Ou já estaria morta.

—Talvez não tenham podido levá-la consigo ao fugir.

—Fugir? Da sua própria gente? O mais provável é que quem quer que viva aqui apenas tenha saído para o bosque.

—Para quê? Passear com o cachorro?

García já começava a tirar o maço de cigarros, pronto para me oferecer um deles quando ficasse sem respostas. Sua atitude começava a me irritar seriamente naquele instante, sentimento que só piorava desde que deixamos o avião... desde que o pobre Walter morreu.

—Procurar lenha e colocá-la na lareira para não morrer de hipotermia durante a noite não te parece uma razão suficiente para sair por aí fora?

—O que me parece é que, para hoje, temos comida e abrigo para passar a noite! Quando o dono imaginário da casa voltar, vamos obrigá-lo a nos dar abrigo e não nos denunciar aos russos.

—Então para isso é conveniente ser um maldito nazista?! Extorquir e obrigar os "inferiores" para sua conveniência?! "A praga não é vermelha, é parda e nós somos parte dela"! Agora entendo verdadeiramente por que você menciona isso de vez em quando.

—Já chega!

Sem perceber, nossa conversa havia se intensificado até o ponto de gritarmos um com o outro, com o animal negro à nossa frente nos observando passivamente.

Queria jogar na cara de García tudo o que eu estava pensando. Queria dizer-lhe que ele não era o mesmo que conheci lá na Espanha. Queria repreendê-lo pelo constante contato com a morte e a barbárie que tinham esfriado sua alma e embrutecido sua mente. Mas, o que mais fervia meu sangue era o desejo de expressar minhas suspeitas sobre os minutos finais de Walter.

Tantas coisas que me decepcionavam e me faziam enfurecer se debatiam dentro de mim, formando um nó na minha garganta, querendo finalmente explodir em palavras que me aliviassem de uma vez por todas. Estive a ponto de fazê-lo, mas, a voz temerosa e suplicante do Gallego nos chamou da varanda da frente, onde ele estava deitado sobre o chão de tábuas. Corremos em sua ajuda, deixando a discussão inconclusa para trás.

O pobre homem estava murmurando, aterrorizado, palavras quase ininteligíveis sob os efeitos da febre causada pela ferida. Sua última frase me provocou um terrível desconcerto que se manifestou em um calafrio veemente, como se tivessem arrancado meu casaco repentinamente sob o crepúsculo invernal gelado...

—Não. Afaste-se de mim... eu não quero ir, por favor... Ela está aqui... *Iä Sh... Shub... Shub N...* Não são árvores, são seus brotos malditos... afastem-se dela... A Cabra Negra da Floresta.

Senti que, com um calafrio, minha carne se arrepiou. Walter também tinha mencionado em seus delírios uma cabra negra da floresta, horas antes de morrer, justamente quando observávamos a perturbadora presença de olhos brilhantes do lado de fora, nas ruínas do avião. Agora nos deparávamos com um animal de características exatas no quintal da isbá.

Como o Gallego adivinhou com tanta certeza de que havia uma cabra negra por perto? Seria quase impossível que ele a tivesse visto, pois o animal estava do outro lado da propriedade. Ele estava prostrado na varanda de madeira, mal podendo se levantar sozinho. Todo o assunto era muito inquietante. O fato de as palavras de seus delírios coincidirem de forma assustadoramente precisa com as do falecido Walter, no mesmo instante em que aquela presença perversa apareceu, tornava tudo muito mais aterrorizante.

Me perturbava pensar que os acontecimentos daquele momento, da noite anterior e até mesmo os de ontem de manhã, estavam se relacionando de forma abominável entre si.

Algo muito sinistro girava em torno de tudo o que tínhamos vivido nos últimos dias. Coisas que de alguma forma se conectavam, dando-me a vaga impressão de que essa isbá era o epicentro de todos esses eventos.

Nem a casa nem a floresta geravam em mim qualquer sensação positiva. Mas, entre vagar na intempérie à noite com temperaturas abaixo de zero e ter um teto sobre a cabeça, e dormir cercado por quatro paredes, a escolha era mais do que óbvia. Entramos no interior da cabana e deitamos o Gallego em um rústico catre de peles.

Na sala de estar, havia alguns móveis de bétula sobre um tapete de pele de bisão. A cozinha fazia parte da sala, com um fogão a lenha cercado por caldeirões de cobre pendurados nas paredes, junto a um relógio cuco desgastado. Chamou nossa atenção que ao lado o fogão e o forno apagados, descansava uma boa quantidade de lenha.

O mistério em torno da ausência do proprietário só aumentava para mim. Já era noite cerrada sobre a taiga e o dono ou dona da isbá não retornava. Era evidente que não precisava sair em busca de lenha. Já tinha o suficiente.

Então, para que diabos o misterioso dono foi para o interior de uma floresta que se estendia por infinitas milhas sem sinal de cidade ou vila? Quando apresentei minhas preocupações a García, ele respondeu algo bastante lógico.

Disse que talvez quem morava ali nos viu em algum momento da tarde e correu para onde acampavam as tropas russas para nos denunciar a eles. Se isso fosse verdade, então deveríamos ter cuidado especial. Mas, a essa altura, eu já suspeitava que, nesses lugares, havia coisas muito piores do que cair nas mãos dos russos.

Quis me convencer de que, de fato, o dono não era mais do que um simples camponês eremita fiel a Stalin, que correu para denunciar nossa posição aos vermelhos.

No entanto, tudo ao meu redor gritava que quem habitava aquele lugar não tinha nada de comum nem de simples.

Pintados e entalhados nas paredes, podíamos ver toda sorte de hieróglifos rúnicos e coisas estranhas amarradas com cordas. Ossos, galhos, penas e crânios de pequenas aves e roedores organizados formando símbolos alienantes.

Em cada canto, repousavam pequenos candelabros de ouro adornados com escrituras em um dialeto desconhecido, desenhadas com uma estranha substância negra iridescente. Um armário repleto de frascos com ovos, ervas, especiarias e pedras raras do bosque, entremeados com livros de antiguidade incalculável, me chamou particularmente a atenção.

Aquela não parecia a casa de um modesto camponês russo, mas, sim a de um feiticeiro eremita isolado do mundo. Nada ali me dava boas sensações e menos ainda aquela cabra no quintal, que García, com sua total falta de bom senso, insistia em trazer para dentro da cabana.

A proximidade da criatura não me inspirava nada de bom. Pelo contrário, o animal parecia exercer uma influência maléfica sobre o Gallego, que se debatia de olhos fechados em seu delírio febril, sem parar de mencionar a cabra negra que nem sequer tinha visto.

A situação me gelava o sangue. Toda a energia negativa da floresta inteira parecia fluir deste lugar. Daquele animal. É fácil imaginar então a expressão que fiz quando García disse que a comeríamos ali mesmo, naquela mesma noite.

Ele atravessou a casa e sem aviso prévio dirigiu-se ao quintal. Disse que ia trazer a criatura, mas, não mencionou se a traria viva ou morta. Um momento depois, o Gallego entrou repentinamente em um estado de frenesi, fazendo com que o lenço úmido em sua testa caísse no chão. O ferido se levantou, como se acordasse em seu próprio caixão, gritando coisas que me fizeram arrepiar.

—O que você fez?! Não devia tê-la matado, agora estamos condenados! Entendem?! ... Esse animal maldito... *Ïa Ïä Shub Niggurath!* A Cabra Negra da Floresta... ela nos amaldiçoará!

—Gallego, você precisa se acalmar. De quem está falando? Ninguém matou ninguém.

—Ele sim. Ele matou seu receptáculo. Vamos fugir os dois enquanto podamos. Shub Niggurath, ela vem atrás de nós, Juanma. Ela quer nos levar para a Corte do Sultão dos Demônios para que dancemos eternamente ao som de tambores e flautas... no Vazio Infinito!

Eu estava completamente aturdido e horrorizado pelas incoerências que o Gallego proferia, sem poder dizer-lhe uma palavra de consolo. Ele estava fora de si, falando de coisas horrendas sobre deuses desconhecidos e uma tal de Shub Niggurath e... de uma maneira aterradora, tinha voltado a prever o que estava acontecendo fora do nosso campo de visão...

—O que está acontecendo aqui?

García entrou, com a cabra sacrificada sobre os ombros. Como era possível que o Gallego voltasse a acertar em meio a seus delírios? Eu não sabia. Mas, ali estava o idiota do García com o cadáver do animal, pronto para prepará-lo para o jantar.

—Mas, o que você acha que fez, seu pedaço de imbecil?

—Muito cuidado com a maneira como você fala comigo, imbecil, —me olhou ameaçador, falando em voz baixa, rangendo os dentes.

—Por que matou a cabra?! Nós não somos ninguém para sacrificar o gado alheio, maldito nazista!

—Eu fiz isso por nós três, grande estúpido! O que você prefere? Morrer de fome ou deixar que um bruto camponês possa se consolar com sua cabra bastarda por mais um dia? Não temos escolha!

Não passou nem uma hora até que voltamos a discutir. A mais intensa das discussões que tivemos até o momento. O concerto de gritos e insultos, em sintonia com os delírios do Gallego, tornavam o ambiente cada vez mais hostil. O ferido voltou a se levantar e desta vez acusava com infinita raiva e terror a atrocidade de García.

—Você! Você, maldito idiota sem cérebro! Afaste-se de nós com sua maldição! Você vai morrer, bastardo! Não devia tê-la matado!

—O que está acontecendo com você, pedaço de idiota?

—Shub Niggurath vai te reclamar. Ela está mais perto do que você imagina. Você não nos arrastará com você.

—Juanma, esse cara enlouqueceu completamente.

—Eu não acho, —foi tudo o que consegui dizer em um tom estranho antes que o Gallego procurasse sua pistola no cinto.

—Você é o único responsável pelo que acabou de fazer. Sua alma está perdida, mas, não permitirei que Shub Niggurath nos arraste com você. Evitarei que você sofra um destino pior do que o que vou te dar, García.

—Quem diabos é Shub... você está me ameaçando, idiota?

O Gallego sacou sua P38 do coldre e começou a levantar a arma em direção ao García. Mas, o cabo reagiu rapidamente, antes que o ferido conseguisse finalizar o movimento, García atingiu o Gallego com uma rápida coronhada, deixando-o inconsciente novamente.

—O que você fez com ele? —repreendi-o, aproximando-me do Gallego para verificar a gravidade do golpe.

—O que eu fiz? A pergunta seria o que ele teria feito comigo. A febre o deixou completamente insano, coitado, —respondeu enquanto pegava a arma das mãos do ferido.

Ele se afastou do catre e sem nem sequer me olhar, disse enquanto se dirigia ao corpo do animal sobre o chão.

—Não fique aí parado. Ajude-me a preparar isso.

Eu ficava cada vez mais surpreso que, apesar de tudo o que aconteceu, ele continuava pensando em comer aquele maldito animal.

—Por que diabos você não me avisou antes?

—Do que você está falando?

—Você sabe muito bem. Até o mais inepto saberia que há algo muito errado em tudo isso, neste lugar e nessas florestas. —Eu falava com firmeza, com os punhos cerrados, esperando qualquer reação de García, que se virou desafiador ao intuir que eu o ofendia verbalmente.

—Então você acabou de me chamar de inepto?

—Desde ontem aconteceram coisas que tentamos ignorar, —continuei. —Você continua se agarrando à ideia de que nada está errado. O cadáver que desapareceu no campo minado, a criatura que mordeu Walter e que supostamente causou sua morte...

—O que você quer dizer com "supostamente"? —interrompeu-me, sabendo-se acusado por mim. —Não me diga que você também acredita em contos de bruxas, Juanma. Eu poderia esperar sandices como essas do infeliz do Gallego e do Walter. Mas, de você? Que baixo você tem caído, Juanma.

—Você sim que tem caiu baixo. E sabe por quê? Sim, você sabe bem... Você matou Walter, não é verdade?

—Olhe, pare de falar bobagens e me ajude com a cabra.

—Ainda está com essa história da cabra?! —minha mandíbula já não se movia.

As palavras saíam entre os dentes que eu apertava até doer. A coisa que estava na minha frente já não era um homem. Era um animal frio e repugnante e eu não entendia por que o tinha admirado no passado. Um bastardo assassino e déspota que nem sequer me levava a sério. Aquela coisa fria desatou todo o nó ardente que queimava minha garganta em forma de gritos de raiva.

—Você o matou, maldição! —sem saber como, já tinha a pistola na mão. A única coisa que de me lembro daquele instante é que via tingidas de um vermelho intenso, as imagens que chegavam aos meus olhos. —

Decidiu que ele era fraco demais para levá-lo junto com o Gallego porque um doente já era suficiente! Por isso ele não pôde gritar... você abafou seus gritos para que morresse enquanto dormia, sem nem sequer ver sua cara, maldito covarde! —García levantou os braços e desta vez me levou a sério. Na verdade, me atrevo a dizer que foi uma das raríssimas vezes que vi o medo expressado em seus olhos.

—Juanma... abaixe a arma. Eu te explicarei tudo se fizer isso. Por favor, não cometa uma loucura.

—Não quero ouvir suas explicações. Já mentiu o suficiente. Chega de ignorar a realidade. Você matou a cabra e nem sequer a ouvimos gritar por sua vida. Acha que isso é normal? E antes de você entrar com o animal morto, o Gallego já sabia. Ele sabe algo sobre tudo isso que nós não sabemos. Walter também sabia.

—Os dois estavam delirando! Tem ideia de quanta febre eles tinham? —depois da pergunta, baixou o tom de voz. —Eu fiz isso pelo nosso bem, Juanma... para não morrer de fome, droga. O que eles diziam foi apenas coincidência.

—Duas pessoas delirando com a mesma coisa várias vezes é coincidência demais, —respondi enquanto engatilhava a arma. —Agora mesmo você vai se livrar do animal. Ele tem uma aparência muito estranha. Algo está errado com ele e não posso permitir que o cozinhe.

García obedeceu a minha ordem. Em silêncio, agachou-se, de costas para mim, para levantar o corpo da cabra. Então, segurando o corpo por uma das patas, girou como um relâmpago. No susto, disparei, mas, a bala saiu sem rumo e se chocou contra uma panela, fazendo-a ressoar. O cabo tinha sido mais rápido e tinha me acertado em cheio com o bicho morto.

O golpe foi bastante forte, deixando-me aturdido por um instante. García aproveitou para me derrubar com um chute nas costelas. A pistola foi parar longe de mim e

García se aproximou para continuar a surra. Com um movimento ágil, consegui chutar o tornozelo do meu atacante, que caiu estrepitosamente de lado.

Ele tentou se agarrar à mesa de madeira, mas, apenas conseguiu derrubar o rifle que estava apoiado nela. Aproveitei o momento em que estava rolando no chão para me colocar em cima dele e descarregar toda a minha raiva em seu rosto com meus punhos.

O vermelho que envolvia minhas pupilas se intensificou ainda mais. Nunca me senti tão enfurecido e decepcionado como naquele momento. Mas, no fundo eu me sentia feliz. Sentia que ao mesmo tempo em que libertava a alma valente e digna de García daquela casca vazia e cruel em que se havia transformado, também vingava a sangue quente o pobre Walter, que tão bem se portara conosco e especialmente com García, emprestando-lhe suas próprias luvas para que seus dedos não congelassem.

Mergulhado em meu próprio frenesi, vendo que não conseguia nocautear García, não percebi que sua mão se estendia laboriosamente para pegar o rifle do chão e bater com ele na minha cabeça. Caí de costas e em um instante as posições se inverteram.

Agora García era meu agressor. Seu rosto era duro como o de um boxeador, cuspindo e sangrando pelo nariz. Meu rosto, no entanto, não resistiu tanto. Em três socos, já via estrelas e outros três bastaram para que eu não lembrasse mais de nada até despertar atordoado com um vago cheiro de carne assada.

Notei uma sensação agradável de calor, acompanhada por uma luz ambarina que banhava meus olhos semicerrados. Ainda estava no chão. Aos pés da mesa vi as botas e calças de García. Ouvia como ele mastigava algo, ruidosamente. No catre, vi o Gallego deitado e percebi que estava amarrado a ele, soluçando baixinho com o pano úmido na testa. García tinha acendido o fogão e a estufa para aquecer o ambiente e cozinhar aquilo que cheirava tão bem. Percebi que García se levantava e se inclinava diante de mim.

—Boa noite, bela adormecida. Não quer comer?

Levantei-me sem que ele tentasse me deter. Nem sequer tinha-me amarrado. Ele me conhecia tão bem que sabia que eu não o desafiaria novamente por ser muito mais habilidoso e forte do que eu. Continuava falando com parcimônia, mesmo depois de tudo isso. Tal fato deixou-me profundamente irritado. Aquela pessoa arrogante que já não era o amigo que um dia conhecera.

Não lhe respondi nada. Sua atitude parecia a de um pai que esperava pacientemente que passasse a birra do filho, e eu o odiei, o odiei de verdade.

Aproximei-me, cambaleante, do lugar onde estava a mesa e olhei para o caldeirão de García, vazio, com restos de ossos e cartilagens no fundo. Virei-me para García, com uma expressão de desprezo e reprovação no meu rosto entorpecido.

—Diga que não fez isso.

—Ao que você está se referindo? —respondeu cinicamente, chupando os dedos.

Minha raiva por ele cresceu e decidi não lhe dirigir mais nenhuma palavra. Em resposta à irritante pergunta, apenas peguei o caldeirão vazio e deixei-o cair de forma acusadora sobre o chão de madeira. García, fingindo que não se dava por aludido, acendeu um cigarro. Ele me conhecia como ninguém, mas, eu também o conhecia. Sabia que ele me ofereceria um cigarro.

—Acenda o maldito cigarro e engula-o se quiser, —foi o que consegui dizer, voltando a apertar os dentes. Antes que meus olhos se nublassem de novo de escarlate, dirigi-me à porta. García apenas encolheu os ombros em silêncio e me disse antes de eu sair...

—Você deveria provar a cabra, ficou deliciosa. Não acho que o pão com mofo seja o melhor para seu estômago. —Soltei um suspiro em forma de grunhido e ele captou imediatamente a frase "melhor nem te responder" no meu olhar. Depois acrescentou com sua irritante calma. —Foi bom você ter acordado. Alguém terá que fazer guarda à noite, e já que você esteve dormindo por um bom tempo....

Não disse mais nada. Parecia pensar arrogantemente que não me devia explicações. Não mencionou nada sobre o que fez com Walter nem parecia estar disposto a fazê-lo se eu perguntasse.

Para não gerar outra briga ainda mais acirrada ou pegar a Mp40 em um ataque de raiva e matá-lo como o cão que ele tinha se tornado, abri a porta com a cabeça abaixada para não receber o vento gelado da noite direto no rosto. Não me importava se congelasse lá fora. A única coisa que queria era me afastar daquele cretino até a hora da partida, mesmo que tivesse que dormir sob o chão da isbá.

—Não é necessário que monte guarda lá fora, homem, mas, se vai sair para refrescar, feche a porta, droga, que esfria a casa.

Isso, junto à voz soluçante e baixa do Gallego que repetia letárgico "ela está aqui, ela está aqui" como uma lúgubre advertência, foi a última coisa que ouvi antes de levantar a cabeça e ficar petrificado de terror quando vi aquelas duas figuras nas trevas da noite sob a nevasca, a poucos metros da cabana. Duas imagens espectrais na escuridão que, se eu sair vivo disso, jamais apagarei da mente.

À minha frente se materializavam os olhos brilhantes como os de um gato que tínhamos avistado nas ruínas do avião, mas, desta vez estavam muito mais perto. Mas, mais aterrador ainda era a pessoa com esses olhos.

O *sarafan* marrom, o casaco preto de pele e a constituição do corpo que via graças à luz amarelada que saía da porta aberta. Aquela mulher, a velha que jazia no campo minado, sem pernas, sem cabeça... estava agora mesmo à minha frente, com todos os membros intactos!

Eu sabia que era ela, olhando para mim com um sorriso como o de uma avó que repreende carinhosamente seu neto por alguma travessura, mas, com uma maldade latente em sua expressão facial que me fazia tremer até os ossos. Pude notar que todos os seus dentes eram de aço, brilhando como pequenas vagalumes cor de âmbar e prata em sua boca macabra.

Atrás dela, percebi a segunda figura, semioculta na penumbra. Era um soldado, alemão ou espanhol talvez. Identifiquei que era do nosso lado pelo seu capacete *stahlhelm* forrado em uma lona branca sobre a cabeça. Olhava para baixo com os braços caídos e estava totalmente imóvel, como se estivesse à espera de uma ordem, parado a poucos metros atrás da velha.

Não consegui conter um tremor tão intenso nas mãos e pernas, que, ao tentar entrar para avisar a García, me fez cair sentado. A força da minha voz já não me acompanhava. Finalmente me levantei de novo, e consegui entrar, cambaleando, na sala.

—G... Ga... García. Lá fora... a... a velha, García. Ela está lá... c... com um soldado.

—Que velha? Pare de falar assim. Espera, você disse um soldado? —disse com voz espantada, levantando-se da cadeira com o rifle na mão. Como se não tivesse ouvido sua pergunta, acrescentei gaguejando...

—A... acho que... e... ela é a dona deste lugar.

García se aproximou da parede ao lado da porta, pronto para atirar com a Mp40 a qualquer momento. Ouvi a voz rouca da senhora falando em russo perto do umbral da porta. Eu não entendia uma palavra sequer, mas, não se notava um pingo de medo em sua voz. Pelo contrário, ela falava com García como se ele fosse um menino, sem que ele entendesse nada de russo.

Ele a questionava ameaçadoramente sobre o soldado desconhecido que a acompanhava, sobre o que ela havia feito, onde o encontrou e quais eram suas intenções. A velha continuava falando em russo com seu tom de voz amável e ao mesmo tempo sinistro, talvez tentando explicar a situação ao cabo armado.

Sem chegar a nenhum acordo devido à falta de entendimento entre os dois idiomas, a atmosfera foi ficando cada vez mais tensa. Meus tremores e minha respiração se aceleraram. Os gritos de "Ela está aqui, já está aqui!" do Gallego aumentavam o terror que eu sentia.

Notei que a voz da velha adquiriu lentamente um estranho tom gutural e a de García se elevou até quase gritar, com as mãos crispadas na metralhadora. Tudo parecia se encaminhar para um clímax violento em que eu ouviria uma rajada de metralhadora disparada contra o corpo da velha. Tudo parecia apontar para esse desfecho violento. De repente, a velha estalou os dedos e o som atravessou a escuridão como um chicote.

O Gallego, que até aquele momento estava no auge de sua gritaria, desmaiou sobre o catre.

A figura escura do soldado estremeceu, como se tivesse recebido um choque elétrico. Então, ouvi uma voz na penumbra.

—A praga não é vermelha! —falou o soldado cabisbaixo. Pronunciava muito bem a nossa língua, mas, arrastava ligeiramente o "r", denunciando um sotaque parecido com o alemão.

A sinistra figura começou a nadar e se dirigiu lentamente ao umbral da porta. Tudo ficou em um silêncio espectral, interrompido apenas pelo uivo do vento e o rumor das botas do estranho sobre a neve enquanto ele se aproximava. Parou exatamente diante do primeiro degrau da escada e, na mesma posição, voltou a falar, desta vez mais baixo.

—Não é vermelha. É parda... e nós somos parte dela. Não é verdade, cabo García?

O aludido abaixou a arma com a qual apontava para os dois estranhos, deixando escapar um suspiro de surpresa.

—Como sabe meu nome? De onde me conhece? Revele sua identidade imediatamente ou eu atiro, em você e na velha também.

O soldado articulou uma risada zombeteira e disse...

—Sério? Só um dia bastou para esquecer de mim? Não me surpreende, cabo. Espero que não tenha mais os dedos congelados —dizia, enquanto levantava, muito devagar, a cabeça inclinada, até que deixou ver seu rosto sorridente, olhando com certa prepotência para García.

Eu não podia acreditar. Até este momento em que escrevo, renego o pensamento de que aquele sujeito opaco e zombeteiro era Walter. Parecia mais uma cópia, mais morta do que viva, do nosso falecido companheiro. Uma caricatura malfeita do que um dia fora nosso Walter. Mas, lá estava ele, diante de nós, com o mesmo rosto e as mesmas insígnias no uniforme.

—Não me diga... Não. É impossível que seja você.

—Walter Braun von Juntz, meu senhor! Cadete da polícia da Wehrmacht! —ressaltou em voz alta e em posição de sentido, efetuando a saudação oficial hitlerista. Voltou à sua posição de descanso e acrescentou sarcástico. —Hum... sim, acho que sou eu.

A mulher misteriosa, que tinha passado para segundo plano, soltou uma risada horrível ao vê-lo fazendo a saudação militar nazista zombeteiramente.

—É impossível que seja você...—repetiu García com o olhar perdido. —Eu vi os cadáveres de vocês dois. O seu e o dessa velha aí. Vocês não deveriam nem estar aqui. Walter... eu te vi morrer.

—Só me viu morrer?

—O que você quer dizer com isso? —intervim, um pouco mais aliviado do meu estupor.

—É hora, Juanma, de contar-lhe uma pequena história.

—Não. É hora de eu contar, —interrompeu García, olhando secamente para o soldado. Eu já sabia que ele escondia algo e o ressuscitado Walter estava prestes a falar, finalmente, sobre o tema.

—Já ouvi sua versão, —disse eu. —Quem melhor do que a própria vítima para contar a história de sua "morte"?.

García relaxou os braços abaixando a arma em um gesto de rendição e ficou em silêncio, resignado às afirmações de Walter.

—Naquele dia, —falou o Walter, —eu estava aterrorizado pelas visões que a febre me causava. A princípio, não compreendia e me horrorizava com meu destino. Mas, agora sou parte de algo maior.

Seus olhos, afundados a ponto de parecerem duas pérolas vítreas na escuridão de suas órbitas, tomaram um brilho de júbilo repentino.

—A progênie da Magna Mater nos escolheu, amigos, —continuou o ressuscitado. —Sou o número seiscentos e sessenta e cinco dos eleitos. Sou quem deve colher o último anjo.

"Quando caí em um sono profundo, minha consciência foi levada até o centro do Universo. E lá estava. O magnífico Pai de tudo o que existe. Aquele que foi idiotizado e confinado pelo Senhor do Grande Abismo ao Vazio Infinito onde dorme para sempre, sonhando nosso plano de realidade, nosso universo conhecido, nossa própria existência, amigos."

"Foi como ver Deus adormecido pelo ritmo de tambores e flautas dos seus anjos amorfos. Mas, o ciclo está prestes a terminar. Azathoth precisa de mais anjos que toquem a melodia que o mantém adormecido. Se um dia ele despertar, será o fim de tudo o que existe e este sonho em que vivemos, que às vezes parece um pesadelo, terminará. Magna Mater é a responsável pela colheita. Nós salvaremos o Universo."

Ouvíamos, estupefatos, cada palavra que dizia aquele que fora Walter e que, no entanto, já não parecia sê-lo mais. Suas mãos tremiam de uma felicidade inconcebível que se manifestava em sua voz animada por um fanatismo indescritível.

Parecia como se falasse de uma versão distorcida da história contada no Santo Evangelho. O tal Azathoth era seu Deus, seu Pai Celestial que o chamava como a uma espécie de Moisés dos novos tempos.

—Quando me levantei do meu sono, a febre tinha desaparecido e conheci a verdade. Conheci meu novo propósito e missão no universo graças às revelações da grande Shub Niggurath. Vi vocês dormindo como crianças, meus amigos. Vi o Gallego se movendo em sonhos sob suas mantas, padecendo de dor e febre. Ia libertá-lo, tirando-o de sua miséria. Transformá-lo-ia no último flautista de Deus! —exclamou levantando a mão, tentando alcançar algo impalpável no ar. Depois falou com uma mistura de desprezo e frustração, dirigindo-se a García, fechando o punho como se aquilo que tentava agarrar tivesse escapado...

—Mas, você teve que intervir no meu trabalho, cabo. Me atacou pelas costas quando me viu me aproximar do Gallego e me estrangulou.

—Você estava louco! —interrompeu García, sobressaltado. —O que digo? Você está louco! Ia matar o Gallego, maldito criminoso.

—Você impediu que eu o libertasse. Ele deixaria de sofrer de uma vez, mas, você não se importou com isso. Não se importa que as pessoas sofram. Por isso me deixou sozinho cuidando dele quando ouvimos aquela explosão.

—Não deixaria que um doente como você matasse um dos meus homens, bastardo traidor. —García levantou lentamente sua arma para impedir qualquer reação de Walter naquele momento, que desta vez se dirigiu a mim...

—O que você está esperando? Dê uma lição nesse idiota. Pela sua cara, vejo que ele te deu uma surra, — disse com malícia, incitando-me. —Por que não reivindica a revanche? Quebre todos os dentes dele e depois, vingue minha "morte", a morte do seu amigo Walter.

Agora sua voz saía de sua boca com maldade, entrando, maliciosamente, nos meus ouvidos. Em resposta, peguei meu respectivo rifle e apontei também para aquela imitação irreconhecível de ser humano.

—Você já não é nosso Walter. Não tente me confundir. Não permitirei que mate o Gallego, covarde desgraçado.

—Então eu sou o traidor? Eu sou o covarde? — perguntou, soberbo. —Estamos na sagrada missão de impedir o fim de todas as coisas e vocês tentam impedir nosso trabalho. Vocês dão as costas à própria Criação! Quem é o traidor então?

—Você é, —espetou García, já apontando-lhe com a metralhadora. —Você está mais louco que a cabra que acabei de comer. Nós três vamos embora daqui agora. Vamos deixá-los em paz na sua cabana imunda com suas bruxarias. Não tocarão um só cabelo do Gallego e nenhum dos dois sairá ferido.

Sem prestar atenção às suas condições, Walter começou a rir como se fosse uma piada ouvir que García havia comido a cabra.

—Me diga que não é verdade, cabo. Reconheço sua coragem, de verdade. Tem que ter os testículos bem grandes para ter comido Nug. Embora também se deva ser muito estúpido.

—Comi seu querido Nug. E daí? O que você e a velha vão fazer a respeito? Agora, mãos ao alto.

—Acho que você não entendeu, cabo. Nug é o Grande Pai do Adormecido de R'lyeh, o filho gêmeo de Shub Niggurath. A cabra negra que você comeu era apenas seu receptáculo. Agora lutará para sair do seu ventre à meia-noite e você, mesmo sem querer, será parte da nossa obra! —prorrompeu triunfante, levantando os braços, ironicamente imitando o gesto de rendição.

—Agora vai me dizer que a cabra estava possuída? Veja, você e toda essa corja poder ir a tomar no...

Minha visão deixou de focar em Walter e olhei para o García, que interrompeu a frase obscena e se curvou sobre si próprio, segurando seu ventre. A velha, que até então não tinha dito outra palavra, olhou para a silhueta da lua nova no céu que começava a se desanuviar e, com um sorriso insistente, disse algo em russo para Walter, algo como: "*Vremya prishlo!*".

O que aconteceu diante dos meus olhos foi algo enlouquecedor.

A mulher gritou com uma voz gutural algo em uma língua desconhecida para mim. Em seguida, quebrando todas as leis da física existentes, a velha começou a levitar até a altura das nossas cabeças. Depois disso, desapareceu como num piscar de olhos, deixando para trás a ilusão momentânea parecida com quando se fecham os olhos e se vê, através das pálpebras, a marca da última imagem observada. Walter, de forma a traduzir o que a senhora disse, manifestou...

—A hora chegou.

Ele se aproximou de García, que se dobrava e se contorcia de uma dor tão intensa no estômago que o obrigava a ajoelhar-se.

—Afaste-se dele! —gritei apontando-lhe com a arma. A mira do fuzil oscilava, resultado do terror que me fazia tremer intensamente.

—Depois que você me estrangulou, —continuou o morto-vivo, apesar de obedecer ao meu aviso, levantando os braços em sinal de rendição, mas, sem afastar-se do lado de García, —Zhelezna, esta serva da Magna Mater, desenterrou-me da neve e me devolveu a este mundo. Por isso devo essa nova vida a ela e a Shub Niggurath. Não posso ser mais feliz do que agora, servindo a elas e não a você, cabo ingrato.

O pobre García não podia responder. A dor agonizante não o deixava nem gritar. Walter dirigiu-se a mim.

—Vejo que nosso amigo continua sofrendo, Juanma, —ele inclinou a cabeça tentando olhar para o interior da casa no lugar onde o Gallego repousava inconsciente. — Por favor, deixe-me libertá-lo de sua dor.

—Sei muito bem qual será à sua maneira de libertá-lo. Você me fez pensar que García tinha-lhe matado, mas, ele só estava tentando salvar o Gallego de você. Agora vejo quem é o verdadeiro assassino.

—Por favor, Juanma, você me conhece. Sabe que não mataria um inocente ferido. Vocês também podem fazer parte da nossa causa. Podem redimir-se de tudo, como eu fiz. Não há maior honra do que contribuir para salvar a própria existência e da melhor forma possível, mantendo o Máximo Sultão dos Demônios adormecido para sempre. Vocês salvaram minha vida, lá no Voljov, quando meu esquadrão recebia ondas de soldados inimigos, Juanma. Você e os da sua divisão de espanhóis nos resgataram. Agora lhes ofereço fazer parte da Grande Causa. Não percebe? Estamos os quatro juntos novamente. Sejamos quatro anjos a mais na Corte de Azathoth.

—Estou farto de suas histórias estúpidas de anjos e flautistas, —disse tremendo em uma mistura de desconcerto, raiva e medo. —Você me colocou contra García e tentou matar o Gallego, maldito lunático. O que está acontecendo com García? Onde foi a velha bruxa? Como ela conseguiu fazer isso?

—Você se refere à levitação? Ah... É apenas um velho feitiço. O teletransporte é um pouco mais complicado, mas, não há feitiço que Zhelezna não possa fazer. Ela foi tocada pela grande Shub Niggurath e se tornou uma lenda muito popular em toda a Europa Oriental, há muito tempo. Os camponeses da região a conhecem como...

—Pare de falar tolices. —Interrompi-o, colocando o dedo no gatilho. Senti que García, curvado sobre os cotovelos e joelhos, puxou minha calça e vomitou sangue sobre minhas botas. Então, ele levantou a cabeça e me olhou suplicante. Só conseguiu dizer "ajude-me, Juanma, está se movendo", engasgando-se com algo que tinha na garganta. Depois olhei horrorizado e irritado para Walter. —Encontre a velha e faça-a curá-lo!

—Sinto muito. Já não podemos fazer nada por ele. Mas, Nug tem que se apresentar na Grande Missa, então...

Pronunciou as mesmas palavras que a anciã, apontando a palma de uma mão para García. Vi aterrorizado como meu amigo flutuou no ar para depois desaparecer da mesma forma que a bruxa.

—Para onde diabos o... maldição, para onde você o levou?!

—Está junto a Zhelezna, na Grande Consagração, — disse-me seriamente. —Você também está convidado.

Ele apontou para um caminho escuro que desaparecia para o interior da floresta. Aproveitei para, com passos rápidos, me aproximar o suficiente e dá-lhe uma coronhada na cabeça. Ele caiu sobre a neve e, antes que pudesse reagir, consegui amarrá-lo com as mãos para trás em uma das "patas" da casa.

Assim, não tentaria nada contra o Gallego enquanto eu adentrava naquele estreito caminho na mata para buscar o pobre García. Era meu dever como soldado e como homem resgatá-lo de onde quer que ele estivesse, ajudá-lo a curar-se e, acima de tudo, pedir-lhe perdão. O único desejo era que Walter não acordasse ou se soltasse de alguma forma antes que eu voltasse, ou uma desgraça poderia acontecer com o Gallego nas mãos daquele louco.

Armei-me com a Mp40 que García tinha deixado cair antes de desaparecer e fui correndo, tropeçando na neve fresca, pelo caminho escuro entre as árvores. Enquanto me aproximava, podia ouvir um estranho murmúrio, como de louvores. Uma brisa acariciou-me de frente, trazendo um odor acre e desconhecido ao meu nariz.

Cheguei ao final do caminho. Era um local onde, embora não fosse uma clareira propriamente dita, as árvores se dispersavam um pouco mais em uma depressão do terreno. Antes de me aproximar mais, fui obrigado a me agachar para me esconder atrás de um grande tronco caído, à beira da encosta, para poder contemplar, sem ser descoberto, a dantesca cena que se desenrolava diante de mim.

Uma multidão de indivíduos de várias idades permanecia de pé, cantando monotonamente em uma língua desconhecida, formando um círculo ao redor de uma fogueira.

Com os binóculos, pude ver, contra a luz das chamas, uma silhueta recortada que não demorei a identificar como García. Ele se contorcia de dor.

Eu estava prestes a invadir a multidão atirando, mas, antes de descer a pequena ladeira, observei algo aterrador e desconcertante que paralisou meus músculos.

Nem todos os presentes no local eram humanos. Só pareciam ser. Eram figuras pálidas, desprovidas de roupas ou pelos. Além disso, possuíam traços caninos no rosto e orelhas longas e pontudas.

A um lado, sobre a fogueira central, flutuava no ar aquela repulsiva anciã.

Vi como a imagem inchada de García se elevou novamente à mesma altura que a velha. A algazarra da multidão sinistra aumentou quando, diante dos meus olhos aterrorizados, o corpo de García explodiu como uma granada.

Meu Deus. A cabra realmente continha algo aberrante dentro de si. García a tinha comido com grande teimosia e agora essa coisa tinha se libertado de dentro de seu corpo.

García já não existia. Nunca poderia pedir-lhe perdão por ter-lhe culpado da falsa morte daquele maldito Walter. Senti culpa e muito terror. Aquele tipo de terror que é capaz de fazer chorar de medo o homem mais rude, eu pude experimentá-lo, vendo aquela coisa amorfa e gigantesca que destruiu completamente García desde dentro.

A criatura era uma massa amorfa, uma gelatina negra repleta de tentáculos, protuberâncias e bocas das quais caíam fios de baba. O odor putrefato que emitia era semelhante ao do hálito de cachorro e ao da carne em decomposição, sendo tão forte que me fez vomitar.

Os gritos da turba enlouquecida ecoavam de júbilo e louvores profanos. A algazarra chegou ao seu ápice quando o corpo da bruxa também explodiu.

A essência da bruxa se dissipou no ar da noite com um grito, uma mistura de agonia e júbilo, com o qual proferiu algum tipo de feitiço em um idioma desconhecido. Ao que parecia, aquela mulher também abrigava algo infinitamente abominável em seu interior, assim como a cabra negra, e agora, estava surgindo uma cópia exata da coisa que matou García.

Duas blasfêmias gêmeas flutuavam, gemiam horrivelmente e regurgitavam sob a luz da fogueira ao redor da qual estava aquela horda de seres, enlouquecidos por seus próprios cânticos e gritos nos quais repetiam *"Ïa ïa ïa Shub Niggurath..."*.

O ápice do horror absoluto veio depois, quando uma nuvem de uma escuridão tão intensa quanto a fumaça de carvão, carregada de um ar extremamente perverso, começou a descer sobre o local, acima das duas repugnantes coisas. Parecia responder ao chamado enlouquecedor de seus servos, como uma inteligência além da compreensão humana.

Então, a sombra fumegante se manifestou em uma forma material horripilante. A entidade tinha a mesma aparência que as outras duas deformidades abaixo dela, mas, muito maior. Graças ao céu que a escuridão da noite e a altura a que se situava acima da fogueira não me permitiram discernir claramente seu aspecto. Que destino horrível me esperaria se eu tivesse ousado invadir lá embaixo? Deus me livre de sequer imaginar.

Aquela monstruosidade era muito pior do que suas duas miniaturas. Suas mandíbulas proferiam um som alheio a qualquer coisa que eu já tivesse ouvido antes. De sua parte inferior surgiam inúmeros tentáculos e negras patas de cabra. Dela nasciam às vezes algumas criaturas pequenas que a massa voltava a engolir logo após caírem, e outras conseguiam escapar. Talvez, uma dessas foi a que mordeu Walter.

Se eu tivesse visto essa aberração gigantesca e nebulosa com total clareza, não hesitaria nem um segundo em arrancar meus olhos para nunca mais ver algo tão monstruoso. Então... essa abominação dos espaços intercósmicos... isso era Shub Niggurath? A famosa Magna Mater dos rebentos escuros?

Por sorte, minha vontade de fugir desse lugar venceu a de esvaziar todo o carregador da metralhadora contra essas aberrações. Quem sabe o que o destino me guardaria se eu tivesse investido contra a horda, contra

Shub Niggurath e contra seus dois gêmeos. Levantei-me e me dirigi a toda velocidade de volta à cabana.

Não consegui resgatar o pobre García e a culpa e o medo me corroíam por dentro. Ir até aquele lugar infernal foi uma perda de tempo colossal. Não tinha conseguido nada. Não podia fazer nada.

De modo que não parei nem um instante em minha corrida de volta, sem jamais olhar para trás. Finalmente, consegui voltar ao claro da cabana.

Com horror, vi uma pilha de cordas cortadas junto ao pilar onde eu tinha deixado amarrado aquele que tinha sido Walter. O morto-vivo havia se libertado.

Subi rapidamente as escadas e entrei na cabana. Cheguei no momento preciso. Na luz bruxuleante dos candelabros, Walter, com a baioneta na mão, avançava cambaleando pela sala. Ele se dirigia para onde o Gallego jazia desmaiado no chão em frente ao armário com coisas estranhas e livros raros.

Minha metralhadora estava carregada e imediatamente a apontei para o morto-vivo. O ser que tinha sido Walter nem parecia ter notado minha chegada súbita.

—Não se atreva a tocá-lo, —ordenei ofegante na escuridão.

—Você conseguiu nos ver, não foi? —disse sem se virar, com uma voz que parecia como se duas pessoas falassem ao mesmo tempo, algo que achei extremamente perturbador. —Não foi lindo?

—Vi o que fizeram a García, desgraçado.

—Não. Isso ele fez a si mesmo. Ninguém o obrigou a comer a cabra onde meu irmão Nug estava alojado.

—Como assim "seu irmão"? Olha, todos vocês estão muito malucos. Aquela coisa... Shub Niggurath. Como podem servir a um monstro desses?

—Sabe? —suspirou e começou a falar de si mesmo na terceira pessoa. —Antes de este garoto entrar no exército, estudou na academia mais prestigiada de sua nação. Seu pai era bastante rico, então podia se dar ao luxo de pagar por isso. Ele queria que estudasse os diferentes idiomas do continente, especialmente o que você fala. O Walter detestava essa língua. Achava que era a mais complicada de todas e por essa razão o desagradava. Até que, obrigado por seu pai, a compreendeu estudando-a a fundo. Foi assim que se tornou, de todos os idiomas, o predileto de Walter. Ele percebeu o quão belo é o seu idioma, Juanma, um dos mais ricos da humanidade. Tantos sotaques, tantas formas verbais.

—Aonde você quer chegar com sua historinha? E por que fala assim? —interrompi-o.

—Os seres humanos acham desagradável as coisas que não compreendem. Não importa se é bom ou mau. Aquilo que está fora do que se considera normal é rejeitado, odiado e temido. A sua espécie é infinitamente ignorante.

Sua voz tornou-se rancorosa e ameaçadora, quase parecendo um rosnado. Virou-se para mim, lentamente. Pude ver seu rosto pálido e os olhos completamente brancos. Compreendi, por seus espasmos, sua maneira errática de se mover e, sobretudo, pela maneira de falar na terceira pessoa, que aquilo que me falava não era Walter. Aquela coisa era uma marionete de carne e osso que o terrível Yeb, o horrendo irmão gêmeo de Nug que antes se alojava no corpo da bruxa, usava à vontade para se comunicar comigo.

—Nós oferecemos um novo começo e vocês o desprezaram. O cabo García buscou seu próprio destino e nós somos os culpados aos seus olhos e quando tentamos salvar esta pobre alma ele me impediu e quis acabar com a vida de Walter. Vocês não são capazes de compreender que além desta vida terrena de sofrimento há algo que vale a pena, Juanma. A salvação do universo. Devemos impedir que Azathoth desperte e...

—Estou farto de tudo isso! Basta de falar dessas coisas. Você, abominação asquerosa, nunca me convencerá de que tudo isso é normal. Só nos permita sair daqui e deixe o corpo do meu amigo em paz, maldita seja!

Mas, o monstro ignorou minha explosão de impaciência e continuou com seu discurso macabro, girando-se novamente para o Gallego...

—Finalmente posso libertar sua alma, Gallego! Nada impedirá que, nesta noite, você se torne o último anjo, sob a lua nova das florestas! Aqui, na fria escuridão da taiga, em nome de Shub Niggurath, eu libero sua alma da prisão da carne material!

Uivou roucamente enquanto eu via alarmado como levantava a baioneta, com a intenção de cravá-la no corpo ainda desmaiado do Gallego. Nesse momento, apertei o gatilho da Mp40 com todas as minhas forças.

A rajada de disparos lançou-se sobre as costas de Walter. Os flashes iluminaram por alguns segundos o pequeno recinto. Do corpo crivado de balas saiu um grito arrepiante que não parecia vir dele. O cheiro de pólvora invadiu o ambiente junto à corrente de um ar frio e fétido que cheirava exatamente como o local onde apareceram aquelas coisas horrendas, ao mesmo tempo em que senti gotas de sangue frio respingando no meu rosto. Ouvi o corpo caindo pesadamente no chão.

Deveria ter sentido tristeza e pena pelo homem que jazia ali na escuridão, mas, aquela coisa que se contorcia espasmodicamente no chão havia deixado de ser meu amigo Walter há muito já.

Sem perder tempo, corri até o Gallego, perguntando-me como ele tinha saído do catre e chegado até a frente do armário. Mas, da escuridão, levantou-se como um raio o corpo crivado de Walter e, chocando-se violentamente comigo, derrubou-me de costas.

Agora ele não falava mais, emitia apenas um rosnado rouco como os de um cão raivoso. Lutando em cima de mim, tentava morder meu rosto. Era como um animal movido pelo único impulso de matar, arranhando e babando como uma fera. Ele me prendeu contra o chão, aproximando suas mandíbulas mordedoras do meu rosto. Eu já não sentia seu hálito. Ele não o tinha.

Agarrei-o pelo colarinho do casaco e o joguei com força para o lado, fazendo-o cair de costas à minha direita. Quando tentei disparar outra rajada, a arma travou, então tive que pegar minha pistola. Mas, antes que eu pudesse alcançá-la, o morto-vivo inclinou-se para frente e conseguiu agarrar minha perna. Abafei um grito de dor quando cravou seus dentes em minha panturrilha.

Vendo que, apesar das minhas sacudidas, não conseguia me livrar dele, recorri a disparar-lhe na cabeça com a pistola. Três vezes! Três vezes descarreguei a arma no crânio dele, no entanto, ele ainda se movia no chão, convulsionando, com um rosto que despertava uma profunda compaixão!

—Adeus, Walter, —disse com uma lágrima nos olhos antes de esmagar a cabeça dele a pisadas, àquela coisa que tinha o rosto de quem fora um grande amigo e companheiro até ontem mesmo.

Enxuguei as lágrimas do rosto e me preparei para carregar o ferido no ombro e sair dali. Então, ouvi o ruído daquelas coisas que louvavam Shub Niggurath naquele pequeno vale... Não havia dúvidas de que estavam se aproximando. Talvez Yeb os estivesse usando como último recurso para reclamar seus dois últimos sacrifícios.

Com minhas últimas forças, escrevo estas linhas no meu diário. A mordida na minha perna dói muito.

Ouço a voz de Yeb dentro da minha cabeça. Ele está falando comigo. Agora sei o que meus amigos viram e ouviram. Estou sentindo impulsos estranhos que nunca tinha sentido.

Eles me querem. Desejam que eu entregue a vida do Gallego a eles.

A multidão está lá fora. Rodeiam a casa. Desejam que sejamos os últimos anjos deformados de Azathoth, o Caos Idiota.

Mas, não permitirei. Lutarei até meu último alento.

Eles estão tentando forçar a porta, mas, a barricada que improvisei com o relógio de cuco, o velho armário cheio de objetos estranhos e o resto dos móveis está resistindo bem.

Ouço gritos e estrondos lá fora. Já nem consigo distinguir se são a realidade ou apenas alucinações.

Minha arma está pronta. Quando a porta ceder, serão minhas balas que voarão nesta maldita taiga...

Ainda não sei bem se foi sorte ou desgraça que eu, Mateo Gonzalo Sánchez, conhecido como o Gallego, o idiota que perdeu a Mg42 e foi baleado enquanto urinava, estivesse o tempo todo ferido e inconsciente. Eu os teria ajudado e não seria um completo estorvo em seu caminho.

Tentei alertá-los, atormentado pelas terríveis visões que assolavam minha sanidade naqueles lugares. O pobre Walter também tentou. Tentei salvar García da morte atroz que o aguardava por comer o recipiente de Nug, dando-lhe uma morte mais rápida e piedosa. Mas, não os culpo por não terem me ouvido.

Qualquer ser humano normal, em seu eterno ceticismo, nunca pensaria que uma entidade sobrenatural e todos os seus servos estariam perseguindo-o. Uma pessoa comum acreditaria que meus gritos de advertência eram fruto da loucura causada por uma febre altíssima.

Apesar da minha condição, eu sabia muito bem o que estava acontecendo ao meu redor e tinha conhecimento sobre esses seres malignos graças ao meu avô, que sabia muito sobre esses assuntos. Nos seus anos de juventude, ele tinha estudado intensamente as ciências ocultas, além de sua profissão como arqueólogo.

Uma vez ele até teve a oportunidade de viajar para os Estados Unidos. Fez boas relações com os eruditos da Universidade de Miskatonic, em uma pitoresca cidade da Nova Inglaterra. Inclusive, devido às suas credenciais, lhe concederam acesso ao ignominioso Necronomicon, do árabe louco Abdul Alhazred, que a universidade guardava a sete chaves em um cofre.

Nas páginas infames daquele livro fala-se das criaturas que desceram das estrelas para a terra, muito antes do surgimento de toda a vida conhecida. Entre elas estava Cthulhu, o Sonhador de R'lyeh, um horror que caiu do cosmos e jaz em uma prisão submarina no meio do oceano.

Essa monstruosidade foi gerada por ninguém menos que Nug, a mesma abominação que, junto a Yeb, adorada pelos *ghouls* e pela seita de Abboth, eram conhecidas como as blasfêmias gêmeas, a prole pútrida da Magna Mater, a Negra Cabra da Floresta com mil filhotes.

Nenhum humano, sem a devida preparação, merece a desgraça de presenciar essas entidades. Sinto uma enorme pena por Juanma que, apesar de toda a sua valentia, acabou morrendo nas mãos dos russos.

Algumas tropas que estavam acampadas relativamente perto tinham ouvido o barulho dos tiros e acudido àquela maldita clareira. Imediatamente, foram atacadas por aquelas horríveis criaturas, mas, as eliminaram a pura bala e granada.

Encontraram meu amigo cubano, rifle em punho, defendendo cegamente a entrada da cabana. Como ele não se rendeu, foi morto a tiros.

A mim encontraram inconsciente, com este diário no bolso do meu casaco. De certa forma, Juanma me salvou novamente, pois, não conhecendo a nossa língua, os russos me obrigaram a traduzir e transcrever o texto do manuscrito tantas vezes que o memorizei. Acho que não tem me matado ainda porque esperam que eu possa explicar-lhes o que aconteceu ali.

Sempre serei eternamente grato por salvarem minha vida mais de uma vez. A ele, a García e a Walter, antes de se tornar servo de Shub Niggurath.

Quanto à Grande Colheita de anjos para salvar todo o universo e a existência, aquilo que o morto-vivo Walter proclamava com um fanatismo acérrimo, quero acreditar que não passava de um engodo da própria Shub Niggurath para devorar nossas almas.

O Necronomicon afirma que aqueles flautistas amorfos que mantêm Azathoth, o Caos Nuclear do Universo, adormecido, não seguem e jamais seguiram qualquer ciclo em que sejam substituídos em seus postos. São entidades eternas que não precisam de outra coisa além de manter o Sultão dos Demônios adormecido para sempre. Nunca se cansam nem morrem. E embora as páginas do infame Necronomicon prevejam o despertar de Azathoth em algum momento, absolutamente ninguém sabe quando esse dia chegará.

Dizem que nem a Shub Niggurath nem a nenhum dos Deuses Exteriores lhes importa minimamente nossa existência insignificante no universo e que temos a mania de nos achar o centro de todas as coisas.

Mas, uma coisa me rouba o sono desde aquela fatídica noite na maldita cabana perdida no coração da taiga. Ao despertar do meu delírio, completamente sozinho naquele lugar, me soltei do catre e andei até o horrível armário cheio de bruxarias e livros antigos.

Minha mão, quase se movendo por conta própria, alcançou um dos velhos tomos e o abriu em uma página fatídica cujo conteúdo me fez desmaiar novamente.

Ali, no final de uma lista com seiscentos e sessenta e seis registros escritos em caracteres arcaicos, estavam os nomes dos meus três amigos e o meu próprio.

SOB O BRILHO DE ALGOL

—Você tem certeza de que sabe o que está fazendo?

—Claro, Reinier, fiz isso milhões de vezes na escola interna para entrar no dormitório das meninas. Inclusive em noites muito mais escuras que essa, —respondi, enquanto soltava outra tábua da persiana. —Aguente mais um pouco e não se preocupe, normalmente, ninguém vem por aqui. Bem, exceto o novo guarda. Não o chamam de "o Caxias" à toa...

Apesar de ser alto e magro como uma vara de pescar, meu amigo Reinier me segurava firmemente nos ombros para que eu pudesse alcançar a pequena janela bem alta, na parede do Salto. Era uma noite sem lua, no entanto, o brilho do céu completamente limpo permitia que eu não precisasse usar nenhuma luz extra para realizar a tarefa que nos permitiria acessar o isolado edifício.

Na mistura de estilos arquitetônicos das construções que compõem a Universidade Central, o Salto se destacava por sua aparência e localização singular. Ninguém sabia, ao certo, qual tinha sido o objetivo original da construção daquela torre na parte mais distante da ampla esplanada que constituía nossa Alma Mater. As teorias iam desde a base para um telescópio, passando pela instalação de um primitivo computador ENIAC, até o rumor disparatado de que era uma capela dedicada a um culto obscuro aos deuses pagãos do conhecimento oculto.

A estrutura de concreto, de três andares de altura, com perfil exterior composto de quatro paredes, sendo uma delas côncava e a oposta convexa, tinha ganhado o apelido prosaico de o Salto devido a que uma das mais descabidas lendas sobre a origem da estrutura, dizia que ela fazia parte de um projeto abandonado para celebrar o triunfo da última revolução. O conjunto arquitetônico consistiria em uma gigantesca escultura em forma de coturno militar, do qual aquele edifício seria, evidentemente, o salto.

O que todos concordavam era que jamais ninguém tinha visto abertas nem a única porta na parede côncava, nem as três estreitas janelas na parede convexa. Sua função atual também era um completo mistério.

Desde alguns dias atrás, eu estava sentindo o duvidoso orgulho de pertencer ao seleto grupo que não só tinha visto a porta do Salto aberta, como também havia estado em seu interior e conhecia sua função.

Como parte dos quinze dias de trabalho voluntário que todos os estudantes deviam dedicar obrigatoriamente para prestar serviços suprindo as necessidades internas da Universidade, eu tinha sido designado para trabalhar no Salto. Com certa decepção, descobri que a instituição usava o local simplesmente como um armazém para onde iam as encadernações das teses mais antigas e os livros menos utilizados do acervo da biblioteca.

Aquele material empoeirado que atulhava as resistentes prateleiras de metal estava sendo digitalizado aos poucos, então era necessário realizar o metódico trabalho de retirá-los do seu lugar na estante, colocá-los em caixas e levá-los até o Centro de Cálculo, onde passariam pelos *scanners* que transportariam a informação da arcaica celulose para os modernos *bits* armazenados nos bancos de dados. Minha função consistia em usar meus músculos para mover as cargas.

Os primeiros dias de trabalho, após a dissipação da curiosidade inicial, foram uma mistura de tédio com a desagradável constatação de que em algum momento minha tese, na qual eu estava trabalhando com tanto afinco, engrossaria aquela pilha de alimento para traças.

Tudo indicava que o resto do período seria aquele marasmo, até que certo dia o funcionário da Universidade que gerenciava o trabalho pediu que eu movesse uma das estantes em frente à parede do fundo no térreo. Pensando que aquele trambolho devia pesar uma tonelada, apliquei uma força considerável e, para minha surpresa, o treco se moveu suavemente sobre pequenos trilhos ocultos no chão. Detrás havia uma resistente porta de aço.

O chefe abriu a portinhola de um nicho dissimulado na parede e tirou uma chave de aparência antiga com a qual abriu o acesso recém-exposto.

—Vamos, hoje o trabalho é no subsolo, —comentou com seu habitual tom indiferente enquanto acionava um interruptor. Uma fileira de velhas lâmpadas incandescentes iluminou com uma anêmica luz amarela o espaço do outro lado da porta.

Aquele dia descobri que o Salto tinha cinco andares abaixo do nível do solo, aos quais se chegava por uma escada em espiral feita de aço e pintada de preto. Naquele lugar repousavam os documentos ainda menos usados, que estavam escapando do esquecimento absoluto por alguma providencial referência nos obscuros arquivos da Biblioteca.

Quando entramos no quinto nível, o ar estava viciado e empoeirado. Nosso chefe acionou outro interruptor e, por trás das paredes de concreto, começou a funcionar algum sistema de ventilação que deixou o ambiente tolerável em poucos minutos.

O conteúdo das prateleiras naquele lugar era um pouco diferente. Eram livros com régias capas de couro, com os títulos em relevo impressos com letras prateadas ou douradas.

—Esta é a biblioteca de algum alquimista? —perguntou, gracejando, um dos meus colegas de trabalho.

—Mais ou menos, —respondeu, sério, o funcionário, —este acervo foi incorporado ao da Universidade há várias décadas e foi encontrado na mansão abandonada de uma antiga família da cidade.

Para surpresa de todos, o habitual tom indiferente do homem deu lugar a uma nostalgia inesperada.

—As más-línguas diziam que todos eles praticavam as artes ocultas, sacrifícios humanos e todo tipo de bruxaria. Quando os vizinhos relataram que fazia cerca de dois meses que não viam o último herdeiro da família, que vivia solitário no casarão decrépito, a polícia arrombou as fechaduras das portas e entrou. Não encontraram nem rastro do velho, então supuseram que o sujeito tinha saído do país em alguma fuga ilegal e todos os bens passaram ao Estado.

O homem se aproximou de uma das prateleiras e pegou um dos tomos antigos. Abriu-o e folheou suas páginas amareladas.

—Meu avô me contava, —continuou, —que todo o assunto chegou a ser uma lenda urbana por algum tempo, mas, hoje em dia todo mundo já esqueceu essa história. O único que sobrou foram esses livros que escaparam porque alguém os considerou valiosos pela aparência. Com certeza, nem tinham ideia do conteúdo.

Reinou um silêncio pesado, intensificado pelo zumbido dos ventiladores ocultos. Naquele momento, uma inexplicável sensação de perda me invadiu. Senti como se algo do que eu não tivesse plena consciência de que me pertencia e fazia parte inseparável de mim tivesse sido arrebatado e absorvido com violência para uma dimensão desconhecida e alienante. Olhei para meus colegas e todos pareciam sentir o mesmo.

O encantamento se quebrou de repente com o som do livro sendo fechado bruscamente na mão do nosso chefe. O homem devolveu o volume ao seu lugar e disse com seu tom habitual.

—O trabalho de hoje é levar esses lotes para o Centro de Cálculo, então, andando, que não temos toda a Eternidade.

Aquele dia o trabalho foi bem pesado. Subir a escada em espiral carregando as pesadas caixas deixava de ser divertido depois da primeira viagem. Especialmente quando as sombras projetadas pelas velhas lâmpadas se moviam em uma dança zombeteira que confundia os sentidos e podia fazer perder os pequenos degraus triangulares.

De fato, um dos meus colegas perdeu o passo e caiu, rolando, pela escada, acompanhado de uma cascata formada pelos restos destruídos da caixa de transporte, junto com livros velhos e pesados. Seu corpo chocou-se com força em uma das prateleiras e alguns tomos caíram de seus lugares, aumentando o caos.

—Por favor, tenham cuidado! —gritou nosso chefe. — Vamos, você, ajude-o a se levantar. Os outros, recolham os livros do chão.

Eu fui um dos encarregados de recolher a bagunça. Foi ali, enquanto estava agachado naquele porão, rodeado de páginas empoeiradas e conhecimento esquecido, que o vi pela primeira vez.

Estava à minha frente, aberto no chão, em alguma página aleatória. Suas desgastadas capas de couro amarelo pareciam olhar diretamente para mim, convidando-me a ler seu conteúdo. Ali estava o maldito livro que tanta desgraça tem causado. As garrafais letras douradas pareciam brilhar formando seu título *"Viarium quae Carcosa"*.

Como em um sonho, estendi, lentamente, meu braço para pegá-lo e ler o conteúdo de suas páginas, mas, a mão do funcionário da Universidade foi mais rápida.

O sujeito pegou o tomo do chão e o fechou bruscamente. Com movimentos precisos, colocou o livro na parte mais alta de uma das prateleiras e me repreendeu.

—Vamos, que ainda há muito trabalho a fazer e não quero mais contratempos.

Naquele dia, transportamos o conteúdo de várias estantes, mas, não chegamos a alcançar a prateleira em que estava o livro de capas amarelas. No dia seguinte, a tarefa foi no terceiro andar. Quando perguntei ao nosso chefe se não iríamos continuar o trabalho no subsolo, ele simplesmente me respondeu, com seu tom apático.

—A prioridade agora é outra.

Na tarde seguinte, enquanto estávamos no refeitório universitário, enfrentando a duvidosa lula ao molho que era considerado o prato principal do jantar, eu comentava com meus colegas de mesa o curioso incidente quando ouvi atrás de mim uma voz conhecida, mas, que não ouvia há muitos anos, perguntando.

—Você tem certeza de que o título era esse mesmo?

—Bem, eu não falo latim tão bem quanto você, — respondi, levantando-me, —mas, tenho certeza de que era isso que estava escrito na capa, Reinier.

Virei-me e à minha frente, com a bandeja de comida nas mãos, estava meu velho amigo. Tinha o rosto um pouco mais fino do que eu lembrava e estava muito mais alto e magro, mas, o sorriso e os olhos eram os mesmos de sempre.

—Abram espaço na mesa para a pessoa mais culta e inteligente que conheço.

—Não seja exagerado, —respondeu Reinier enquanto se sentava, —mas, se o que você diz é verdade, então é necessário que conheça mais gente.

Reinier e eu tínhamos nascido no mesmo *batey* perdido no interior da província. Desde que me lembro, sempre brincamos juntos, fosse entre as enormes peças retiradas da usina açucareira quando não estava moendo, ou olhando as estrelas, deitados de barriga para cima nos vagões cheios de cana-de-açúcar estacionados no pátio ferroviário antes que as locomotivas os levassem para descarregar seu conteúdo no nas esteiras de alimentação da usina.

Estar com Reinier era sempre uma aventura divertida. Graças à sua fértil imaginação, qualquer ferro gigante se transformava em uma nave espacial viajando pela galáxia.

Já desde muito pequeno, meu amigo era capaz de identificar as constelações no céu e me contar, enquanto descascávamos pedaços de cana de açúcar com os dentes, as lendas que se atribuía a cada uma delas. O combustível para aquelas ideias eram os conhecimentos que seu avô lhe transmitia e a ampla e bem abastecida biblioteca que mantinham em casa, uma das maiores do *batey*, pois a família do meu amigo era "dos ricos de antigamente", como se dizia na região.

Independentemente da leve fama de excêntrica de sua família e da origem humildíssima da minha, nossa amizade sempre foi muito sólida. Só esfriou quando Reinier foi estudar na Escola Vocacional na capital da província e eu fui fazer o ensino médio superior em uma das Escolas no Campo, perdidas entre os intermináveis campos de cultivo das planícies do interior.

Como os fins de semana de folga nunca coincidiam, deixamos de nos ver. Naquela época, não existiam as opções de comunicação que temos hoje em dia, então perdemos completamente o contato.

As únicas informações vagas que me chegaram dele foram que, durante o serviço militar, ele tinha sido vítima de um terrível acidente e que depois tinha começado a carreira de Geologia na universidade de uma província distante.

Agora estávamos juntos de novo, rindo enquanto devorávamos a horrível lula ao molho.

Depois de comer, o convidei para meu dormitório para colocar as novidades em dia e tomarmos alguns goles da minha reserva pessoal de álcool 90°, diluído com água da torneira e "envelhecido" com alguns pedaços de madeira de um barril de carvalho que um amigo tinha conseguido de uma fábrica de rum. Reinier aceitou o convite, mas, me advertiu que não bebia álcool.

Essa noite aproveitamos um acesso à laje do prédio onde ficava meu dormitório e, deitados de barriga para cima, olhando o céu estrelado, contamos o que havia acontecido durante nosso tempo separados.

Reinier me explicou que tinha conseguido se transferir para a Universidade Central havia apenas um mês. Graças às suas excelentes notas, conseguiu o milagre de mudar seu curso de Geologia para o de Arquitetura.

—Pelo menos estou mais perto de casa, —disse. — Depois do acidente, o velho se preocupa demais comigo.

—Por sinal, ouvi rumores sobre isso, foi realmente tão ruim?

Meu amigo se sentou e ficou com o olhar perdido no vazio. Com a mão direita, segurava algo que tinha pendurado no pescoço dentro da camiseta.

—Foi... transformador. Estávamos fazendo o serviço militar em uma base que fica no alto de um *mogote*, no meio do mato. Dois colegas e eu saímos a caçar *jutías* para incrementar a comida e acabamos caindo em um poço cego. Ficamos alguns dias perdidos na escuridão...

Eu também me sentei. Tinha ouvido falar desse incidente quando eu também estava no serviço militar. Três recrutas tinham caído em um poço cego. Os haviam encontrado quase por milagre, vários dias depois. Um deles não havia sobrevivido, os outros dois foram enviados ao hospital em estado muito crítico.

Inexplicavelmente, poucos dias depois, um deles tinha escapado da sala de terapia intensiva e se jogado na frente de um trem. O outro tinha ficado em coma quase um mês. Jamais imaginei que meu querido amigo Reinier fosse um dos envolvidos nesse desastre.

Voltando ao normal, meu amigo olhou novamente para as estrelas e comentou casualmente.

—Como é essa história do livro de capas amarelas?

Contei-lhe o incidente no subsolo do Salto, incluindo as partes que eu tinha omitido nos relatos anteriores, feitos para um público mais amplo. Ou seja, falei das estranhas sensações que eu tinha sentido sob a influência daqueles velhos tomos.

Quando terminei a história, meu amigo me observou atentamente com uma expressão estranha por alguns instantes. Depois, voltou a deitar de barriga para cima no duro concreto da laje. Levantou um braço apontando com um dedo longo e fino, para o céu limpo.

—Vê aquela estrela brilhante na constelação de Perseu? Seu nome é Algol, que vem do árabe *Ras al-gul*, que significa "a cabeça do demônio". Os sábios da antiguidade notaram que essa estrela mudava a intensidade de seu brilho periodicamente e consideraram isso uma aberração das leis naturais. Obra do demônio. Hoje sabemos que na verdade é um sistema composto por três estrelas e que sua intensidade depende de seu alinhamento. —Reinier se sentou novamente, segurando o que tinha pendurado no pescoço por dentro da camiseta e comentou, —é estranho como as coisas se alinham na dança caótica do destino.

Eu também me sentei e observei meu amigo, que baixou os olhos do céu e me disse enquanto me olhava sorrindo.

—Você acha que pode me ajudar a entrar nesse tal edifício e dar uma olhada no livro de capas amarelas?

E foi assim que chegamos a esta situação em que eu estava terminando de desmontar as tábuas da persiana, em cima dos ombros ossudos do meu amigo.

—Pronto, —disse. —Acho que isso será suficiente...

—Você tem certeza de que ninguém nunca vem por esses lados? —perguntou Reinier, —porque alguém com uma lanterna apareceu no caminho e parece que vem para cá.

—Deve ser o maluco do Caxias, —resmunguei, —esse cara é completamente paranoico. Temos que nos apressar.

Às pressas, entrei pela janela. Segundo me lembrava do meu trabalho dentro do Salto, embaixo dela havia uma prateleira cheia de teses antigas. As velhas encadernações de capa dura suportaram meu peso sem problemas. Puxei meu amigo pela mochila. Ele subiu chutando a parede sem muita graça.

Rapidamente, coloquei as tábuas no lugar original. Terminei justo a tempo para que o feixe de luz da lanterna do vigilante percorresse a janela fechada.

—Tem alguém aí? —ressoou a voz neurótica do Caxias. —Eu sei que estão aí, vermes contrarrevolucionários. Nem pensem que vou deixar vocês fazerem sabotagem e danificar a propriedade do Estado.

Meu amigo e eu até seguramos a respiração quando a luz se infiltrou por debaixo da porta que balançou quanto o teimoso vigilante tentou abri-la. No entanto, a velha fechadura resistiu ao assédio. Depois de um tempo, sentimos que o Caxias se afastava gritando.

—Não pensem que me enganam, vermes abjetos, eu sei que estão aí! Não vou deixar que se safem!

Quando os ruídos se apagaram na noite, descemos e fomos até a prateleira móvel. O dispositivo se moveu suavemente sobre seus trilhos, deixando à mostra a porta metálica. Confiante, abri a portinhola para pegar a chave e ali tive a primeira surpresa desagradável da noite. No nicho não havia nada.

—A chave estava aqui...

—Deixa eu ver, —disse Reinier enquanto tirava uma gazua do bolso e começava a trabalhar na fechadura.

—Mas, desde quando...? —comecei a dizer surpreso, mas, o som da porta se abrindo me interrompeu.

—O interruptor está por aqui, certo? —disse Reinier tateando a parede com a mão até acionar o mecanismo.

À noite, a luz das lâmpadas parecia mais intensa.

—Vamos, rápido, essa luz pode ser vista de fora, — apressou-me meu amigo e fechou a porta atrás de nós. —Por razões óbvias, não podemos ligar o extrator, então se prepare para o ar viciado.

Desci os degraus como um autômato, tentando entender como o amigo, que eu conhecia desde criança, estava se comportando daquela maneira e avançava à minha frente com tamanha familiaridade naquele ambiente, e não como alguém que descesse a tortuosa escada pela primeira vez para um lugar totalmente desconhecido.

—Em qual das prateleiras deixaram o livro? — perguntou, quando chegamos ao quinto nível.

Ainda atordoado, apontei com o dedo, mas, no lugar indicado havia, apenas, um espaço vazio. Reinier rosnou sombrio e sacudiu a cabeça enquanto segurava novamente o objeto que lhe pendia do pescoço.

—Hum, quente. Está aqui, posso sentí-lo...

—Reinier, você pode me explicar o que está acontecendo?

Sem me responder, meu amigo tirou o que guardava dentro da camiseta. Era uma estranha pedra em forma de lágrima, com um buraco pelo qual passava uma fina corrente de prata que lhe permitia pendurá-la no pescoço. Através da superfície lisa do objeto, um símbolo amarelo brilhava com intensidade variável, dependendo de quanto Reinier o aproximava dos livros nas prateleiras. Após uma breve busca, ao se aproximar do último nível da prateleira mais distante, a coisa brilhou como uma pequena estrela.

—Então, é aí que te esconderam, né? —quase gritou meu amigo, com uma voz estranha e totalmente desconhecida para mim.

Com uma agilidade incrível, Reinier escalou a prateleira e afastou alguns volumes no nível superior até encontrar o que procurava. Voltou a descer, agora lentamente, mas, com movimentos igualmente precisos. Ignorando-me completamente, sussurrava entre dentes enquanto folheava o livro em cujas capas de couro brilhavam com o rótulo *"Viarium quae Carcosa"*.

—Desde que você me fez chegar a primeira pista, naquele buraco infernal, segui suas instruções. Os outros eram fracos ou não tinham inteligência suficiente para decifrar teus enigmas, mas, eu sou forte e sagaz. Eu mereço encontrar o fim dos caminhos secretos. Eu mereço chegar a Carcosa e saciar minha sede de conhecimento em seus salões eternos.

—Mas, do que você está falando, Reinier? —gritei.

Seu rosto, iluminado de baixo pelo brilho sobrenatural da pedra que lhe pendia do pescoço, era uma máscara de êxtase demoníaco, com a expressão do caçador que, após uma longa e tortuosa perseguição, está prestes a alcançar sua presa. Agarrei-o pelos ombros e o sacudi, forçando-o a fechar o maldito livro.

Os olhos amarelados que se cravaram em mim com uma fúria infinita não eram os do meu amigo.

Nesse momento, ressoou o som metálico da fechadura da porta de acesso ao subsolo. A voz psicótica do Caxias inundou todo o ambiente.

—Viu como eu tinha razão, companheiro? A luz está acesa, isso é obra de vermes sabotadores contrarrevolucionários.

—Acalme-se, Godínez, —respondeu uma voz apática que reconheci imediatamente como pertencente ao funcionário da Universidade que tinha sido meu chefe durante esses últimos dias, —pode ser que alguém tenha esquecido de apagar as luzes ao terminar o trabalho. De qualquer forma, vamos revisar cada andar, só para deixar você mais tranquilo.

Os degraus de metal começaram a ressoar sob o peso dos dois homens que desciam a escada. De repente, um pânico irracional nublou minha mente por completo. Como eu tinha me deixado arrastar para uma situação como essa? Encurralado como um rato naquele buraco empoeirado. Quem eu considerava como meu melhor amigo estava evidentemente louco, talvez traumatizado pela terrível experiência que tinha padecido na escuridão daquele poço cego, e sua mente estava perdida em algum delírio que só podia nos conduzir ao desastre.

—O próximo nível é o último, —ouvi a voz do funcionário da Universidade, mas, o tom apático se transformou em preocupação nas próximas palavras. —Mas, Godínez, de onde você tirou essa arma?

O som inconfundível do ferrolho de uma pistola automática colocando uma bala na câmara aumentou exponencialmente o pânico que eu estava sentindo.

—Vou dar um banho de chumbo nesses vermes sabotadores contrarrevolucionários, —gritou o Caxias. — Vocês estão me ouvindo, ratos imundos? Vão se arrepender de atentar contra a Revolução!

Eu tremia sem saber o que fazer quando uma mão firme pousou em meu ombro. Virei-me instintivamente e quase soltei um grito de terror. Reinier segurava na mão direita uma estranha adaga de lâmina negra e recurva. Nos seus lábios tinha um sorriso.

Para minha surpresa, o próprio tecido do espaço-tempo cedeu sob o fio sobrenatural e duas fendas se abriram na estrutura da realidade. Uma delas estava escura, mas, pela outra, filtrava-se um brilho amarelado.

"Não há escapatória, este é meu fim", pensei, mas, ao olhar nos olhos do meu amigo, reconheci a mesma expressão que tão bem eu conhecia. Não era a expressão de um louco nem de um assassino, era o sinal de triunfo.

Com um movimento rápido, Reinier fez um pequeno corte na ponta do seu dedo indicador e com seu sangue desenhou uma série de símbolos estranhos na lâmina negra. Depois deu dois longos cortes no ar, um ao lado do outro.

Para minha surpresa, o próprio tecido do espaço-tempo cedeu sob o fio sobrenatural e duas fendas se abriram na estrutura da realidade. Uma delas estava escura, mas, pela outra, filtrava-se um brilho amarelado.

Enchi meus pulmões de ar para perguntar algo, mas, antes de poder fazer qualquer coisa, Reinier me lançou um olhar e fez com a cabeça o gesto que significava "não se preocupe, tudo vai ficar bem" e me empurrou para a fenda escura. A última coisa que lembro é vê-lo entrar pela outra abertura preternatural e se perder no brilho amarelo.

Quando recobrei a consciência, senti que estava deitado sobre uma superfície irregular e desconfortável.

Abri os olhos e vi um céu estrelado onde Algol derramava seu brilho sobre mim. Os sons que me chegavam eram intimamente familiares. Sentei-me e compreendi que estava no alto de um vagão de trem cheio de cana-de-açúcar no pátio ferroviário do meu *batey* natal.

Minha família se surpreendeu muito quando bati à porta de casa em uma hora tão inesperada, mas, me receberam com a alegria de costume. Na manhã seguinte, me informaram que o avô do meu amigo Reinier tinha falecido alguns dias antes e, curiosamente, tinha deixado um envelope selado para mim.

Quando tive privacidade suficiente, rasguei o lacre e verifiquei o conteúdo. Dentro havia apenas um pequeno papel dobrado. Nele, com uma caligrafia antiquada e rebuscada, estava escrito:

"Por favor, encontre o Reinier".

Ao voltar para a Universidade, o ambiente era um verdadeiro alvoroço. Um incêndio tinha destruído completamente o conteúdo do Salto.

Segundo a versão oficial, alguém tinha deixado as luzes dos níveis subterrâneos acesas e, quando dois funcionários foram apagá-las, uma faísca provocou uma explosão no ar viciado do edifício. Um guarda de sobrenome Godínez faleceu na hora e outro funcionário da Universidade estava gravemente ferido, mas, fora de perigo.

Do meu amigo Reinier ninguém sabe nada. É como se tivesse sido apagado do nosso plano de existência. Considerando que sua família não tem mais membros conhecidos, todas as propriedades passarão ao Estado.

Eu, por enquanto, não consigo explicar o que aconteceu naquela noite e não falei com ninguém sobre o assunto. Estou tendo alguns problemas para dormir e frequentemente sonho com uma cidade estranha, cheia de edifícios absurdamente altos, com estruturas excêntricas e impossíveis sob um céu onde dançam, caoticamente, luzes amarelas, como uma alucinante aurora boreal eterna. Em um dos salões perdidos naquele labirinto, meu querido amigo Reinier sorri enquanto lê, avidamente, em tomos infinitos.

Não tinha me preocupado com a minha situação até poucos dias atrás, quando, já de volta às aulas normais da Universidade, me descobri desenhando, inconscientemente, em meu caderno de notas um estranho símbolo. O mesmo símbolo embutido na pequena pedra lisa em forma de lágrima, com um buraco pelo qual passa uma corrente de prata que me permite pendurá-la no pescoço e que encontrei no meu bolso, ao despertar sobre o vagão de cana-de-açúcar, banhado pela luz de Algol.

Agora, estou um pouco preocupado porque me invade um intenso apetite de obter conhecimento. Uma vontade ardente de encontrar as pistas ocultas. Um desejo incontido de saber.

CARÍBDIS

—Então, o senhor também não sabe nada sobre esta coisa? —comentou Andrei.

—Saber é um termo complicado, amigo, —respondeu o idoso antiquário, com um carregado sotaque galego, enquanto olhava por cima da armação de seus óculos, o cliente na sua frente.

A pele bronzeada, a boa forma física e o cabelo, meticulosamente despenteado, poderiam passar a falsa impressão de que o homem era muito mais jovem, mas, a aguçada percepção do antiquário não era fácil de enganar.

—Nenhum dos antiquários da cidade conseguiu me dar qualquer informação sobre essa estatueta, — comentou o homem, com um pouco de desânimo na voz, —mas, todos me recomendaram que viesse consultá-lo, pois o senhor tem fama de ser um profundo conhecedor dos objetos mais estranhos. Vim por último porque sua loja fica muito longe, embora, devo reconhecer que é muito pitoresca.

Andrei sorriu, cortês, parado em frente ao balcão onde tinha depositado a enigmática estatueta com seu cordão de cor iridescente. Naquele lugar, havia uma enorme variedade de artefatos de aparência antiga e estranha, acompanhados de uma boa quantidade de livros com arcaicas capas de couro com rótulos dourados ou prateados.

O antiquário inclinou-se sobre o objeto, para inspecioná-lo, com uma pequena lupa que levava pendurada no pescoço.

—Por exemplo, sei que a estatueta em si, foi esculpida em uma variedade de mármore branco muito valioso, — murmurou o antiquário, —representa o busto de um homem robusto, de cabelo cacheado e com duas ramas de videira nos lados da cabeça. Embora tenha aparência greco-romana, é bem mais antiga que essas civilizações. O cordão que a acompanha parece ser...

O antiquário se endireitou. Seu semblante começou a nublar-se com um ar de preocupação.

—Onde e quando você encontrou este objeto, amigo? —perguntou.

—Gosto de caminhar pela praia bem cedo após noites de tempestade, —comentou Andrei. —A ressaca costuma trazer coisas interessantes e a tempestade da noite passada foi bem intensa, raios e trovões como nunca tinha visto em minha vida. Parecia coisa de outro mundo...

—De fato, parecia coisa de outro mundo, —corroborou, pensativo, o antiquário.

—Enfim, encontrei essa coisa hoje de manhã, —respondeu Andrei—estava semienterrada na areia. O mais curioso é que o cordão se prendeu entre os dedos do meu pé. É como se eu estivesse destinado a encontrá-la.

O antiquário observou, atentamente, Andrei, com uma expressão inescrutável no rosto. Deixando a peça sobre o balcão, foi mancando até um armário no extremo da loja e extraiu alguns objetos de uma das gavetas do móvel, guardando-os nos bolsos do colete.

—Crise de ciática? —perguntou Andrei, apenas para comentar algo enquanto olhava com curiosidade um grosso tomo que estava sobre o balcão.

O livro destoava fortemente do resto do ambiente por ser uma impressão recente. *"Tempestades Taquiônicas e Buracos de Minhoca. Formas viáveis de viajar ao passado?"* leu, mentalmente, Andrei na capa brilhante.

—Sequela de uma velha ferida de guerra, —respondeu o antiquário enquanto colocava umas luvas de fina camurça preta com estranhos símbolos prateados no dorso.

O idoso, com as mãos devidamente enluvadas, extraiu do bolso do colete a lupa que tinha retirado do armário. Era um objeto grande, feito de um metal acobreado, coberto de estranhos símbolos. O vidro da lente era grosso e tinha uma tonalidade esverdeada.

—Às vezes encontramos coisas, amigo, —disse enquanto estudava a estatueta com a estranha lupa, — outras vezes, algumas coisas nos encontram.

O antiquário se endireitou suspirando, com as costas muito retas e um olhar que Andrei não soube como interpretar.

—Como você se chama, amigo? —disse o antiquário, guardando a lupa no colete.

—Pode me chamar de Andrei.

—Bem, Andrei, lamento não poder ajudá-lo mais neste momento. De verdade, lamento.

Andrei pegou a estatueta do balcão um pouco irritado. Sentia que tinha perdido seu valioso tempo. Estava prestes a sair da loja quando o antiquário falou novamente.

—Por favor, leve isto, —o antiquário estendia-lhe a mão trêmula com o que parecia um cartão de visita entre os dedos. —Pode ser útil quando as coisas ficarem muito difíceis.

Andrei guardou o retângulo de cartolina no bolso e pendurou a misteriosa estatueta no pescoço.

"Pelo menos é um adorno bonito" pensou Andrei. Colocou óculos escuros sobre seus olhos cor de mel e saiu do estabelecimento.

Dirigiu-se ao seu trabalho no centro da cidade, resignando-se a deixar a procedência do estranho objeto como uma incógnita. Por um instante, acreditou ver, com o canto do olho, a silhueta de alguém de grande estatura que o observava do outro lado da rua, mas, ao olhar para o local, só viu os restos de um telhado arrancado pelo vento apoiados precariamente contra a parede do que parecia ser um armazém abandonado. Deu de ombros e seguiu seu caminho.

Ao anoitecer, Andrei caminhava pelo passeio junto à orla da cidade. Absorvido em seus pensamentos, observava os estragos que a violenta tempestade da noite anterior tinha causado. A estatura notável de um homem do outro lado da avenida tinha lhe chamado ligeiramente a atenção quando ouviu um estrondo bem atrás de si. Alguém tinha caído aparatosamente de uma bicicleta logo atrás dele.

O acidentado era um sujeito um tanto nervoso, que vestia uma capa de chuva com capuz e uma máscara facial. Óculos escuros completavam a vestimenta, ocultando ainda mais seu rosto.

Andrei virou-se rapidamente, inclinou-se um pouco em direção ao caído e estendeu um braço para ajudá-lo, o que fez com que o colar com a estatueta saísse de suas roupas e pendesse do cordão iridescente, balançando no ar.

O desconhecido teve uma reação que surpreendeu completamente Andrei. Com um movimento rápido, o caído agarrou a estatueta e, puxando com força, arrancou-a do pescoço do homem, fazendo-a cair no asfalto. O acidentado, com um movimento desajeitado, tentou pegá-la, mas, em vez de apanhá-la, empurrou-a alguns centímetros.

Andrei reagiu rapidamente e recuperou o objeto.

—*Não há tempo para explicações. Esse objeto é perigoso, —
advertiu o desconhecido, apontando para seu colar. —Você precisa
acreditar em mim. Vai acabar com sua vida. Reclamará sua mente e
depois sua alma, Andrei.*

—Ei, o que é isso? —quase gritou Andrei. —Estou tentando ajudá-lo e você tenta me roubar.

—Escute-me, —ofegou o sujeito com voz preocupada. Parecia ter chegado a grande velocidade de muito longe, talvez fugindo de algo ou tentando alcançar algo. —Não há tempo a perder. Você deve me dar essa estatueta.

Uma imensa sensação de desconfiança invadiu Andrei naquele instante. Aquele homem misterioso o estaria seguindo para assaltá-lo? Isso explicaria o porquê de tantas peças de roupa para ocultar sua identidade. Mas, não parecia estar armado, e havia algo estranho em tudo aquilo.

Algo no sujeito lhe era familiar, talvez a voz ou a compleição do corpo. Podia perceber aquela impressão de *déjà vu*, de conhecer uma pessoa de algum lugar ou viver o mesmo acontecimento duas vezes naquele momento preciso.

—Eu o conheço de algum lugar? Sua voz me é familiar.

—Não há tempo para explicações. Esse objeto é perigoso —advertiu o desconhecido, apontando para seu colar. —Você precisa acreditar em mim. Vai acabar com sua vida. Reclamará sua mente e depois sua alma, Andrei.

—Ei, como você sabe meu nome? Por acaso você está me vigiando? Claro que não vou lhe dar meu colar. Quero saber o que você vai fazer a respeito.

Fechou os punhos, desafiador, disposto a se defender caso o homem tentasse pegar o enfeite à força. Mas, o tom em que o estranho falava parecia mais suplicante do que imperativo, embora não isento de um certo toque de ameaça.

—Por favor, Andrei. Não torne isso mais difícil do que já é. Eu não quero machucá-lo, mas, contratei dois sujeitos que podem tomar de você a estatueta à força.

—Então não me resta dúvida de que você é um covarde. Vocês devem saber que essa imagem vale muito dinheiro e, com certeza, querem tirá-la de mim para vendê-la a algum milionário idiota ou...

—Acredite em mim, Andrei. Isso não se trata de dinheiro, —enquanto o estranho falava, dois homens com moletons pretos e sandálias se aproximavam do local, vindos de uma rua próxima. Também usavam máscaras faciais. Andrei percebeu a presença dos dois homens e colocou o colar debaixo da camiseta, enquanto o sujeito continuava dizendo coisas inquietantes.

—É algo maior do que nós, —continuou o estranho. —Algo muito escuro que jaz no Atlântico e está atrás dessa estatueta. Entregue-a para mim, por favor. É por nosso bem.

O silêncio pairou por alguns segundos sobre o trecho do passeio junto à orla. Na rua, estavam apenas eles e os dois homens de preto que se aproximavam rapidamente.

O mar batendo no muro entre as pedras da costa enchia o ar de minúsculas gotas salgadas. As lâmpadas do alumbrado público tinham se acendido automaticamente ao detectar a ausência da luz do dia, e iluminavam com sua fria luz branca as lajotas do chão e os rostos dos dois homens, já muito próximos.

—Peguem ele! —ordenou o encapuzado aos seus cupinchas.

Andrei fugiu. Atravessou a avenida a toda velocidade. Era um homem já maduro, mas, a força de suas pernas ainda não o havia abandonado.

Conseguiu pôr uma boa distância entre ele e os capangas. Mas, os homens de moletons pretos eram muito tenazes também, tendo a juventude como vantagem.

O fugitivo dobrou na primeira esquina, adentrando em uma feira abarrotada de gente. Tropeçando em várias pessoas, tentou ziguezaguear entre a multidão, mas, acabou derrubando, por acidente, várias barracas de quinquilharias. Não parou sua corrida.

De vez em quando olhava para trás para verificar se seus perseguidores tinham perdido ele de vista, mas, os dois capangas continuavam atrás dele, aparecendo com suas cabeças mascaradas sobre o horizonte de pessoas para vigiá-lo em sua perseguição.

Fazendo um giro brusco para evitar um homem muito alto parado no meio da via, Andrei conseguiu, finalmente, sair da feira. Notou, com espanto que ainda estava sendo perseguido.

Por sorte, Andrei avistou uma fila de táxis estacionados ao lado da rua e se jogou, exausto, dentro do mais próximo deles.

—Para onde devo levá-lo, senhor? —perguntou o taxista, olhando pelo espelho retrovisor embaçado, sem reparar na pressa com que Andrei tinha entrado e fechado a porta.

—Para o outro lado da cidade, rápido!

O automóvel arrancou com irritante lentidão, enquanto Andrei subia, desesperadamente, o vidro de sua janela, olhando pelo para-brisa traseiro e vendo seus dois perseguidores correndo em direção ao táxi. Não pôde conter um suspiro de alívio quando o carro partiu, vendo, através do vidro, como seus dois perseguidores se perdiam na distância.

"Agora, sim, estou a salvo" pensou Andrei.

A rua pela qual o taxista dirigia tinha prioridade sobre a próxima interseção, então ele não reduziu a velocidade quando quase atropelou um distraído que tentava cruzar a via.

—Cuidado, idiota! —gritou o motorista, buzinando.

Andrei virou-se, curioso para saber quem havia colocado a própria vida em perigo na frente do veículo.

Seu coração deu um salto ao distinguir, sob a luz dos faróis, um homem ajoelhado no chão sobre uma bicicleta. Usava uma capa de chuva e óculos escuros. Era o líder de seus perseguidores. O ajoelhado deu um soco de frustração no chão, enquanto os dois capangas se juntavam a ele.

Qual era o interesse daquele homem misterioso na estatueta? Por que o perseguia com tanto afinco, chegando ao extremo de contratar dois sujeitos para tirar-lhe o estranho objeto? Andrei não sabia. Também não tinha certeza se queria descobrir. Seria um simples charlatão, um ladrão ou algo mais?

O táxi o deixou na saída da cidade, na loja de conveniência de um posto de gasolina. Andrei aproveitou a ocasião para comprar um pacote de torradas e um pote de geleia. Sua esposa estava viajando e ele não tinha disposição para cozinhar no estado de nervos em que se encontrava.

Pouco depois chegou em casa e, embora estivesse mais calmo, olhou cautelosamente ao redor, certificando-se de que aqueles homens não tinham seguido ele. Por um momento, pensou ver a figura de um homem muito alto observando-o do outro lado da rua, mas, depois de piscar e olhar com mais atenção, convenceu-se de que não tinha ninguém ali.

"Minha mente agitada está pregando peças em mim" pensou.

Algumas horas depois, Andrei já estava bem mais tranquilo. Após um longo tempo no chuveiro, sentou-se no sofá em frente à TV.

Ainda tinha muitas dúvidas na cabeça. O estranho encapuzado conhecia seu nome, então não estava descartada a possibilidade de que conhecesse seu endereço. Isso o lançou novamente a um estado de ansiedade. Pegou o telefone e discou o número da polícia. Um oficial do outro lado da linha ouviu seu relato e informou que dois agentes iriam à sua casa para investigar o ocorrido.

Os policiais chegaram relativamente rápido. Depois de um breve interrogatório, partiram, prometendo que investigariam seu caso. Isso trouxe um pouco de tranquilidade a Andrei, embora os dois oficiais lhe parecessem um tanto incompetentes.

A chamada telefônica de sua esposa restabeleceu um pouco a normalidade da noite. Ela avisou que voltaria no dia seguinte e Andrei se alegrou com a notícia. Estariam juntos e sairiam de férias. Pensou que assim esqueceria seus recentes problemas.

De bom humor, decidiu fazer uma ligação para seu filho, que estava cumprindo o serviço militar em uma província distante.

—Oi, pai. Conte-me. O que está acontecendo? — respondeu a voz do rapaz do outro lado da linha.

—Olá, filho. Que bom ouvir sua voz, —suspirou o homem, —tenho tido uns dias um pouco difíceis no trabalho e tem sido um pouco complicado ligar para você, mas, aqui estou, para o que precisar de mim, meu filho.

—Pai. Você está bem? —interrompeu a voz no telefone. —Fiquei muito preocupado com o que você me disse quando me ligou há pouco. Aconteceu algo em casa?

—Como assim? É a primeira vez que ligo hoje. Hoje e em três dias. Com quem você tem falado?

—Do que você está falando? Você ligou há mais ou menos uma hora. Fiquei muito preocupado porque parecia que você estava se despedindo ou algo assim...

Não é de se estranhar que Andrei tivesse ido para a cama com a cabeça a mil. Mal conseguiu dormir, pensando que algum maluco estava perseguindo-o e a sua família também.

Como sua esposa estava na Capital, a cama e o quarto pareciam imensos e silenciosamente vazios. Para piorar, desabou uma feroz tempestade.

No dia seguinte, sentou-se no sofá para tomar café da manhã com torradas e geleia, contente pelo retorno iminente de sua esposa. Ligou a televisão com o controle remoto e sintonizou em um canal de notícias local.

Anunciavam os danos que duas noites seguidas de fortes tempestades tinham deixado no litoral. Também mencionaram o desaparecimento de um iate de luxo chamado *Odisseu* dos cais do Puerto de Antilla, várias dezenas de quilômetros ao Norte da capital da província. O noticiário afirmava que o veículo pertencia a um importante político da região e que a polícia estava tratando o caso como um possível roubo.

Desinteressado pelas notícias, pegou uma das torradas e, como tinha feito milhares de vezes antes, passou a geleia nela. Nem prestou muita atenção no que fazia. Mordeu a fatia como de costume.

Cuspiu instantaneamente com nojo. A geleia no pão tinha um rançoso e inexplicável sabor de peixe podre.

Examinou o pote. Segundo a data de validade no rótulo, ainda estava dentro do prazo de consumo, então a condição da geleia deveria ser ótima.

Com bastante pesar, Andrei jogou o pote de geleia no lixo, achando que talvez tivesse vindo estragado da fábrica. Pensou que comprar um pote de geleia ruim tinha sido apenas um golpe de azar, uma brincadeira do destino.

Mal sabia ele que o que o destino lhe reservava era muito pior e que, nos próximos dias, seria dominado pelo desejo de nunca ter nascido.

Após uma longa semana, Andrei estava irreconhecível, tanto física quanto mental e emocionalmente. Apenas sete dias haviam bastado para transformá-lo em uma sombra do homem viçoso que ele fora. É impressionante como uma vida inteira pode ser destruída e arrastada às portas da miséria e da loucura em tão pouco tempo.

—O que estou passando não desejo nem ao meu pior inimigo, doutor. Estou à beira de tirar minha própria vida.

Andrei estava deitado no divã do consultório de psiquiatria do hospital, brincando de maneira quase histérica com um cartão de visitas entre os dedos. O médico, um homem de meia-idade, de barba grisalha e com óculos redondos, tossiu discretamente para chamar a atenção do paciente. Apontou com um olhar de reprovação para um cartaz na parede atrás de sua mesa que dizia: "O SUICÍDIO NÃO É A SOLUÇÃO" em relaxantes letras azuis sobre um grupo de jovens sorridentes.

—Foi apenas uma expressão. Mas, desde a semana passada, estou vivendo um inferno. Já não aguento mais, de verdade.

—Pode me contar tudo. Estou aqui para tentar ajudá-lo. De acordo com sua sintomatologia, podemos medicá-lo adequadamente ou interná-lo, se necessário.

—Não seria má ideia ser internado. Já não tenho nada a perder.

—Vamos ver. Fale-me sobre seus problemas atuais. O que o trouxe até aqui hoje?

—Em última instância, isto, —disse Andrei mostrando o cartão de visitas que segurava entre os dedos. —Afinal de contas, parece que o velho antiquário sabia muito mais do que disse... Voltei à sua loja várias vezes durante a semana, mas, ela sempre estava fechada...

—Essa é uma das virtudes do bom senhor Sánchez, — replicou o doutor com um tom estranho, —dizer menos do que sabe. Se ele o recomendou, então seu caso deve ser bastante sério. Pode me dar alguns detalhes do que está sentindo?

—Não paro de ter alucinações.

—Que tipo de alucinações?

—Vejo, sinto, ouço e sonho coisas. Coisas terríveis. No primeiro dia, eram detalhes pequenos. Por mais que eu me afastasse da costa, sentia um forte cheiro de maresia e tudo o que comia tinha gosto de peixe estragado. Coisas assim, desagradáveis, mas, pequenas.

—Viveu recentemente algum evento traumático?

—Sim, —a voz de Andrei tremeu. —Dois, na verdade. Minha esposa morreu em um acidente quando voltava da Capital. Estava irreconhecível. Eu ainda não tinha saído do funeral quando me ligaram do acampamento onde meu filho estava cumprindo o serviço militar para dizer que ele e outros dois recrutas tinham caído em um poço cego. Meu filho não sobreviveu ao acidente.

—É provável que tudo isso tenha sido o detonante de algum tipo de desequilíbrio em sua psique, derivado do transtorno de estresse pós-traumático. Sabe do que estou falando?

—Sim, eu entendo.

—Conte-me sobre suas visões.

—Como eu dizia, no começo eram coisas sutis. Mesmo longe da costa, podia sentir cheiro de maresia. Em algumas comidas, sentia sabores desagradáveis, como de peixe. Tudo isso me aconteceu um dia e, no seguinte, foi quando minha esposa morreu no acidente que mencionei.

—Então, seu transtorno começou antes dos acontecimentos nefastos que levaram à morte de sua esposa e filho, pelo que vejo.

—O causador do meu estado mental pode ter sido a morte da minha família. Mas, acredite ou não, eu mereço que ouça minha opinião. A meu ver, tudo começou quando encontrei aquele objeto na praia.

—Que objeto?

—Como eu dizia, —continuou Andrei sem prestar atenção à pergunta do médico, —no início, eram coisas pequenas, insignificantes. Mas, depois vieram os sonhos... e as aparições. Oh, meu Deus, vejo minha esposa e meu filho mortos em todos os lugares. Eles aparecem para mim em estado de vigília e enquanto durmo. E nos sonhos, estamos os três debaixo do mar. Eles têm uma réplica exata dessa maldita estatueta. Dizem que logo estarei com "Ele", que sou o escolhido dele.

Andrei parou de apertar as mãos e respirou fundo sem conseguir se acalmar.

—Em várias ocasiões, ao despertar desses pesadelos horríveis, minha cama estava encharcada de líquido. Não é suor, nem urina, como você deve estar pensando. É água do mar e vem acompanhada de pedaços de algas. Você deve estar achando que estou louco. Nem eu mesmo estou seguro da minha sanidade. Preciso de ajuda. Preciso calar as vozes. A cada instante, falam no meu ouvido, me sussurram coisas inimagináveis e fazem minha pele arrepiar.

—Disse que o objeto é uma estatueta? —falou o médico.

—Sim, é esta, —Andrei tirou uma caixinha metálica do bolso da camisa e, com as mãos trêmulas, extraiu o misterioso objeto de dentro dela. —Veja, acho que já joguei fora várias vezes. Mas, sempre volta. Sempre aparece inexplicavelmente em algum lugar da minha casa, como se tivesse vida própria. Comecei a duvidar se realmente tentei me livrar dele ou se essas também foram alucinações.

A vã tentativa de acalmar seus nervos desapareceu. Andrei voltou a respirar agitado.

—Pouco depois de encontrá-la, alguns sujeitos me perseguiram para roubá-la. No início, pensei que eram ladrões de pouca monta que, de alguma forma, sabiam que o objeto era valioso e queriam se apoderar dele para vendê-lo por aí. Agora, já não estou tão seguro. Já não estou seguro nem mesmo do que meus sentidos captam.

No olhar atento do médico, podia-se ler claramente uma enorme fascinação e, ao mesmo tempo, um traço de perturbação. Parecia contemplar algo insólito e maravilhoso, mas, muito terrível e obscuro ao mesmo tempo.

—Senhor Andrei, —o médico falou com um tom grave e solene, —você está completamente são, mas, foi amaldiçoado de maneira atroz.

Andrei sentou-se no divã e observou o médico com um olhar penetrante.

—Olhe, não quero julgá-lo, mas, considero pouco ortodoxo que uma pessoa que, supostamente, seja da Ciência e com uma mente materialista e pragmática me fale de maldições. Sério?

O médico sorriu enigmaticamente, enquanto ajeitava os óculos.

—Apenas me confirme um detalhe, por favor, —disse o médico com voz suave, —em suas alucinações, por acaso, você viu um homem de estatura superior ao normal e olhos completamente negros?

—Sim. Vejo um homem muito alto, com cerca de três metros, olhando para mim com olhos muito negros. Também sonhei com uma espécie de horrível verme ou lesma gigante que devora pessoas de forma aterrorizante. E o mais impactante que visualizei em meus sonhos é um... Um momento, como você sabe disso?

Em vez de responder, o médico tirou do portfólio uma caneta tinteiro de cor acobreada, adornada com símbolos estranhos, e começou a escrever algo em seu bloco de receitas. O objeto lembrou Andrei da grande lupa do antiquário.

—Senhor Andrei, estamos em um momento crucial, —disse o médico arrancando o papel e oferecendo-o ao paciente, —por favor, encontre-me hoje ao anoitecer neste endereço, temos uma oportunidade única em mãos e não seria sábio desperdiçá-la.

Andrei pegou o papel da receita e olhou pelos dois lados. Em um dos lados estava escrito, com uma caligrafia elegante, um endereço no centro da cidade. No verso, ele reconheceu o mesmo desenho que tinha visto nas luvas de camurça do antiquário.

—Isso é algum tipo de piada? —quase gritou cheio de ira. —Vim em busca de ajuda médica e você me dá uma bruxaria... Que tipo de charlatão você é?

—Acalme-se, senhor Andrei, —disse o médico com voz firme, —já notou que, desde que entrou neste local, não teve nenhuma alucinação? Estou certo?

—Sim, agora que você menciona... —Andrei se acalmou e pensou um pouco. —Aqui, sinto um ambiente pacífico, doutor. Não tenho me sentido assim há vários dias.

Andrei sorriu e quase chorou de alívio, sem saber de onde isso provinha. Era como se do próprio local emanasse uma sensação benigna, de proteção contra as influências que lhe arrebatavam a sanidade pouco a pouco.

—Até o irritante cheiro de maresia desapareceu. Diga-me, por que não me sinto tão mal aqui dentro?

—Observe o pôster antissuicídio. Vê a estampa na camiseta do garoto no centro do grupo? É o mesmo símbolo de proteção que lhe entreguei. É um arcano mais antigo que a humanidade. Foi criado para afastar entidades muito perigosas, que vão além da compreensão. Dessa forma, você está protegido de influências nefastas, até certo ponto... Por favor, não se desfaça dele e encontre-me no local e hora indicados. Como eu disse, temos uma oportunidade única.

O médico deixou um breve momento de silêncio para que Andrei pudesse digerir o que acabara de revelar.

Depois, despediu-se, cortês, dando por encerrada a consulta e chamando o próximo paciente.

Depois de passar o resto da manhã e quase toda a tarde sentado em um banco de uma praça, Andrei caminhou pelas ruas da cidade. Estava absorto em suas próprias reflexões, andando como um zumbi, mas, com um rumo fixo. Dirigia-se ao endereço escrito no papel que o singular médico tinha deixado com ele.

Tal era seu estado de distração que mais de um transeunte se aproximou para perguntar se ele estava passando mal. Curiosamente, pela primeira vez em uma semana, ele se sentia bem, livre de alucinações e sensações terríveis e alienantes.

Finalmente, sem sequer ter noção de quanto tempo tinha transcorrido em sua caminhada sonâmbula, chegou às portas da biblioteca da cidade, o local indicado no papel da receita. Leu novamente o bilhete, pois tinha esquecido completamente o nome do médico. Só tinha as iniciais J. R. e o sobrenome Hernán.

Com essas referências, informou-se na recepção, de onde foi orientado a esperar em frente a uma magnífica porta de carvalho com intrincados arabescos entalhados em baixo-relevo. Andrei notou que as linhas correndo em direções aparentemente aleatórias formavam, de maneira dissimulada, o mesmo símbolo arcano que o protegia.

Sentou-se no banco de madeira em frente à porta e, pela primeira vez desde que encontrara a maldita estatueta, caiu em um sono profundo, livre de pesadelos. Acordou com o sonoro ruído de passos nas polidas lajotas de mármore.

—Fico feliz que tenha vindo, senhor Andrei, —disse o doutor enquanto avançava rapidamente pelo corredor.

Agora, em vez de seu jaleco de médico, usava uma calça cáqui preta e um suéter de lã cinza. Parecia sinceramente feliz e aliviado ao ver Andrei.

—Vamos, entre, —disse enquanto abria a magnífica porta. —Temos muito a discutir e muito pouco tempo.

As paredes do escritório estavam completamente cobertas com estantes contendo livros. Algumas encadernações modernas e outras de aparência arcaica. O recém-chegado sentou-se atrás de uma requintada escrivaninha de mogno. Com um gesto cortês, indicou a Andrei uma das majestosas poltronas forradas em couro para que ele se sentasse.

—Como o tempo é curto, —começou o doutor Hernán. —Serei o mais breve e direto possível. O objeto que lhe trouxe tanta desgraça é uma estatueta atlante. Foi criada em uma época muito remota, muito antes da antiga Grécia. Representa um dos aspectos de Gloón, o Deus da Atlântida, também conhecido como o Corruptor da Carne. Uma entidade adorada há milhares de anos no reino da Atlântida, quando ainda estava emergido. Peço que mude essa expressão de incredulidade.

—Atlântida? —disse Andrei entre irritado e surpreso. —O que faz você pensar que meus problemas têm relação com uma lenda antiga?

—Você não está totalmente errado. Pode muito bem ser uma lenda da antiga Grécia. Mas, nos diálogos *Timeu* e *Crítias* de Platão, descreve-se, em detalhes a existência de um lugar chamado *Atlantis Nēsos*, ou a Ilha de Atlas, por sua tradução do grego antigo.

O doutor tirou algo de uma das gavetas da escrivaninha. Estendeu à vista de Andrei um mapa antigo.

—Segundo os textos platônicos, era uma ilha no meio do oceano que hoje leva seu nome. Possuía uma potência militar que dominou os mares há mais de nove mil anos, muito antes da civilização helenística. O problema é que é quase impossível saber se a obra de Platão falava de um lugar fictício ou real, mas, recentemente descobriu-se que no centro do Atlântico, existiu uma enorme ilha, quase considerada um continente, em uma época exorbitantemente remota...

—Qual é o ponto em que você quer chegar? —interrompeu Andrei. —Vejo que tem vastos conhecimentos, que é algum tipo de feiticeiro ou algo do tipo, mas, não vejo como essa estatueta maldita entra em tudo isso e muito menos como eu consigo sair deste inferno.

—Deixe-me terminar, por favor, —respondeu o médico com firmeza, —Além de médico psiquiatra, também tenho doutorado em História e Arqueologia. Fui por, muito tempo, professor em importantes universidades, de três países diferentes. Minha especialidade são os livros de ocultismo e esoterismo. Através deles, acredite ou não, consegui provar coisas que a imaginação de uma pessoa comum não pode conceber como algo verdadeiro. Toda a informação que possuo é muito útil para sua condição atual. Diga-me, você apenas sonha com sua esposa e filho mortos ou vê muito mais que isso?

Andrei se acalmou um pouco e começou a falar com uma cadência suave e monótona.

—Vejo um templo. Um santuário submerso no oceano, brilhando com um sinistro resplendor vermelho. Sua estrutura e colunas lembram a antiga Grécia, mas, sinto que é infinitamente mais antigo. De seu interior, ouço uma espécie de chamado que pulsa em meu subconsciente, mesmo estando acordado. A cada dia, sinto o impulso de ir ao mar, atendendo ao chamado dessa voz.

Andrei parou de falar. Seus olhos pareciam cobertos de uma névoa azul e sua pele ficou pálida e úmida.

Com um sobressalto, voltou à realidade. Sentiu um cheiro estranho no ar, como de ozônio. O médico, ainda sentado atrás da escrivaninha, olhava para ele com o rosto muito sério e a testa perlada de suor.

—Vai me dizer que a fonte da minha loucura é um templo submerso no fundo do Atlântico?

—Prefiro o termo: contaminação psíquica. Não é à toa que Gloón é chamado de "o Corruptor da Carne", —disse o doutor. —O templo que você vê é a prisão em que seu corpo físico está preso. As estatuetas fazem parte do mecanismo para abrir as portas dessa prisão. O verme usa sua influência mental para obrigar certos humanos a encontrar as chaves e libertá-lo neste mundo.

—Olha, esta semana foi completamente enlouquecedora. Já nem consigo distinguir o que é realidade, alucinação ou algo totalmente diferente e, ainda assim, o que você me disse não faz sentido. — Andrei cruzou os braços resmungando em seu assento — Se o que você diz é verdade e esse tal de Groom...

—Gloón, —corrigiu o doutor Hernán enquanto se dirigia a uma das estantes cheias de livros.

—Tanto faz—continuou Andrei. —Se esse tal deus da Atlântida está em sua prisão há como nove mil anos e passa o tempo manipulando os humanos para que o libertem, como é que em todo esse tempo não conseguiu encontrar todas as "chaves" e se soltar?

—Muito bom ponto, senhor Andrei, —disse o doutor Hernán, ainda de costas, enquanto mexia em algo, na estante. —Devo lhe dizer que, ao contrário do que se afirma, nem todos os seres humanos são iguais. Alguns indivíduos possuem características, sensibilidades e habilidades que os distinguem do resto da Humanidade e os deixam mais suscetíveis a certas influências. Lamento que você possua os atributos que o tornaram uma presa de Gloón.

Andrei bufou e se mexeu em seu assento. De repente, a magnífica poltrona não parecia tão confortável.

—Por outro lado, desde tempos imemoriais, existem pessoas como eu, que tentam manter o mundo livre das garras das forças nefastas.

Hernán deu meia volta e, diante dos olhos atônitos de Andrei, colocou sobre a escrivaninha umas caixas pequenas de cristal rosado finamente entalhado. No interior delas, para seu espanto, estavam réplicas exatas da estatueta de seu colar. Notou que, na tampa de cada uma, estava esculpido o mesmo símbolo arcano de proteção.

O doutor voltou a se sentar atrás da escrivaninha. Começou a apontar para as caixas, explicando a história da descoberta de cada estatueta.

—Há cinco anos, encontramos o *Laureth*, um navio pesqueiro da Carolina do Norte, naufragado, a 200 milhas ao sul das Ilhas Açores. Ele tinha afundado há pouco tempo. Os relatórios diziam que a tripulação tinha enlouquecido e uma misteriosa explosão na sala de máquinas fez com que o navio afundasse. Em seu interior, encontramos a figurinha da qual falavam, com tanto pânico, os tripulantes da nave em suas mensagens finais.

—Esta outra, —bateu, levemente, com o dedo indicador na segunda caixinha, —me foi trazida há alguns meses, por um homem desesperado. Ele me contou sobre suas visões, as sensações, o templo submerso que via em sonhos. Sem falar do abjeto verme que o visitava em seus pesadelos. Ele perdeu toda a sua família, atribuindo todas as suas desgraças à imagem maldita, vindo entregá-la em minhas próprias mãos. Até hoje, lamento não ter podido salvar aquele homem...

O indicador do médico pousou sobre a terceira caixinha, que estava vazia.

—Há algum tempo, em uma de minhas expedições à República Dominicana, minha equipe e eu encontramos, na costa Norte, uma carta dentro de uma garrafa. Pertencia a Karl H. G. von Ehrenstein, capitão do U-29, um submarino alemão da Primeira Guerra Mundial, afundado em 1917 em circunstâncias semelhantes às do *Laureth*. Nenhum de seus tripulantes sobreviveu. Todos, incluindo o capitão, se afogaram, morreram em motins ou enlouqueceram. A desgraça começou depois do torpedeamento de um cargueiro britânico, onde encontraram uma das estatuetas nas mãos de um dos cadáveres flutuando entre os destroços.

O doutor Hernán fez um silêncio pensativo.

—Aquela carta foi a pista para o que poderia ter sido a descoberta do século, —continuou, —pois o capitão descreveu na carta o paradeiro do submarino afundado. As coordenadas, embora imprecisas, apontavam para uma cidade submersa que, segundo descrevera o capitão, não era nada menos que a Atlântida. Se não acredita, posso mostrar a carta, a tenho guardada e bem conservada, mas, duvido que compreenda o alemão e muito menos a caligrafia do capitão.

Andrei, confuso, franziu o cenho e sacudiu a cabeça, depois de divagar por um instante.

—E o que aconteceu depois? Fizeram uma exploração submarina?

—A mais emocionante da minha vida. Também foi a mais decepcionante, —respondeu o doutor Hernán, com certa melancolia nostálgica. —Movemos céu e terra para encontrar o U-29 e a própria Atlântida. Minha maior ambição era e continua sendo selar Gloón para sempre em sua prisão no fundo do mar. Ele só se comunica com o mundo exterior psiquicamente, contatando principalmente aqueles que encontram essas estatuetas.

Usa sonhos e alucinações para torturar as pessoas, até que elas percam tudo, inclusive a sanidade, e sejam compelidas a se reunir com ele, lá em seu templo-prisão.

O doutor deu alguns passos curtos pelo escritório. A emoção intensa se refletia no tremor de sua voz.

—Em um certo livro proibido, —continuou, — guardado a sete chaves em uma universidade nos Estados Unidos, descrevem-se, com detalhes, entre outros horrores maiores, as características de Gloón, o infame ser de que lhe falo. Se tivéssemos encontrado, nos dias da exploração, a terceira estatueta de Gloón, essa monstruosidade estaria agora incomunicável por toda a eternidade.

Hernán parou em frente à escrivaninha, observando as caixas de cristal.

—Já tinha dado a missão por perdida, até que você apareceu, —o doutor se voltou e olhou fixamente para Andrei. —Entregue-me o colar e você será livre de uma vez. O mundo ficará fora do perigo de que Gloón se liberte e exerça, sem restrições, sua influência nefasta sobre a Humanidade como já fez na antiguidade.

—Como está seguro de que não há mais estatuetas como essas espalhadas pelo oceano?

—Segundo o livro que mencionei, existem apenas três. Há muita informação valiosa e desconhecida em livros apócrifos ou considerados heréticos.

—Vejo que está muito familiarizado com esse tipo de coisas, —manifestou Andrei em um tom estranho.

—Sim, o admito, —disse o aludido, após um silêncio desconfortável. —O que me diz então?

O toque do telefone ressoou, estridente, como uma corrente de relâmpagos. O doutor Hernán atendeu a chamada e desligou, após um curto "Sim, já vou".

—Percebo que está um pouco hesitante. Vai me entregar o objeto para selar Gloón? —disse o doutor, enquanto se dirigia à porta. —Vou deixá-lo só por alguns instantes. Espero que, ao meu retorno, tenha tomado uma decisão que, obviamente, seja de mútuo benefício.

Andrei se levantou e começou a andar pelo escritório para tentar clarear o turbilhão em sua mente. Começou a elaborar uma suspeita sobre o doutor Hernán.

A ideia de que o doutor poderia ser o assaltante encapuzado de uma semana atrás lhe veio à mente. Mas, tal coisa lhe pareceu impossível. A razão era que o doutor Hernán possuía uma idade, constituição e condição física muito diferentes daquelas do homem mascarado. Além disso, o desconhecido lhe causava uma sensação de *déjà vu* que o doutor Hernán não despertava.

Abandonando tais suspeitas, o olhar e a atenção de Andrei pousaram avidamente sobre o título de um grosso livro com capa de cartolina colorida e páginas impressa em brilhante papel branco, que estava aberto sobre a escrivaninha. Para sua surpresa, ele já o tinha visto antes, no balcão da loja do antiquário, no mesmo dia em que encontrou a estatueta. Quando Andrei o pegou nas mãos, sentiu o cheiro agradável de um exemplar recém-saído da gráfica.

Andrei levantou o livro novo à altura do rosto.

"Tempestades Taquiônicas e Buracos de Minhoca. Formas Viáveis de Viajar ao Passado?". Leu, em voz alta, o título estampado na capa com grandes letras vermelhas. Só o título já sugeria que, entre suas páginas, escondiam-se temas complexíssimos para uma pessoa comum como ele.

O pensamento de que estava preso em um turbilhão de forças imensas, diante das quais ele não era mais do que uma marionete, o atacou novamente, com força. O pessimismo o envolveu como uma nuvem negra. Deixou o tomo cair sobre a mesa. Ouviu que, atrás de si, a porta de carvalho abria-se.

—Desculpe, doutor, mas, mesmo que eu entregue minha estatueta, não vejo como isso impedirá esse tal de Gloón de, no futuro, enviar seus agentes para se apoderar delas. E, depois de tudo que perdi, também não consigo encontrar uma maneira de me salvar...

—É por isso que precisamos de um bom plano, — disse o doutor Hernán entrando no escritório.

—E também das ferramentas adequadas, —ressoou desde a porta uma voz com forte sotaque galego, —e de um homem corajoso, com os atributos necessários e disposto a sacrificar tudo para executá-lo.

Andrei virou-se, surpreso.

O ancião antiquário atravessou o escritório, mancando. Depositou sobre a escrivaninha a valise metálica que trazia nas mãos. Usando suas luvas de camurça preta, girou as cifras até abrir os fechos da mala. De seu interior, extraiu uma caixa de cristal rosado e um grosso tomo, de aparência antiga e desagradável. As capas escuras pareciam de couro, mas, Andrei teve a incômoda sensação de que o material tinha uma origem mais sinistra.

—Embora, para ser totalmente sincero, —disse o senhor Sánchez, com uma nota de tristeza na voz, — temo que alguns sacrifícios sejam necessários e a salvação nunca esteja garantida...

Chegou na praça solitária quando já era de noite. Sentou-se no banco de concreto mais distante e escuro. Ainda estava meio atordoado pelo esforço e o forte cheiro de ozônio ardia em seu nariz.

Abaixou o capuz da capa de chuva e procedeu a tirar os óculos e a máscara, revelando um rosto de pele curtida pelo sol costeiro. Um leve vento bagunçava seu cabelo desgrenhado como um ninho de gaivotas. Deixou-se cair no frio concreto do banco, com a cabeça baixa e o olhar perdido. Uma vez lá, começou a chorar, silenciosamente.

Os únicos seres humanos presentes no sombrio parque, além dele, eram uma adolescente e seu parceiro, passeando um cachorrinho pelo gramado. Ao estranho não importava se notavam sua presença ou não. Ele só pensava na família que jamais voltaria a ver.

Um ar de chuva o incitou a desabafar e chorar como um recém-nascido. Começou com um soluço. Em seguida, não pôde conter as lágrimas e enterrou o rosto nas mãos. As primeiras gotas de chuva começaram a cair. O próprio céu parecia acompanhá-lo em sua dor, derramando seu pranto das alturas das nuvens noturnas.

Levantou a cabeça, percebendo a crescente garoa. Sentia as gotas de água que o encharcavam, da cabeça aos pés enquanto abaixava o rosto novamente, não sem antes ver como a luminária próxima piscou por alguns segundos, assumindo uma esquisita tonalidade verde azulada. Já caía sobre sua cabeça uma chuva intensa. No entanto, ele não se moveu do banco frio.

Respirou profundamente e se preparou para as consequências do que faria. Tirou dois papéis do bolso interno da capa de chuva. Um deles ainda fumegava.

Segurou as folhas em sua mão direita. Em instantes, a água da tempestade encharcou os papéis, fazendo a tinta escorrer e apagando os símbolos desenhados neles. Uma rajada súbita de vento arrancou os objetos de seus dedos e os fez desaparecer na escuridão da noite.

—Precisa de ajuda, amigo? Vai pegar um resfriado aqui fora.

O homem no banco não se deu por aludido. Nem sequer levantou a vista para ver seu bondoso interlocutor. Mas, aquele que parecia ser uma preocupada alma caridosa não tardou em revelar sua sinistra identidade.

O homem sentado foi obrigado a levantar a cabeça novamente, surpreso ao ouvir o lento aplauso sarcástico. Com horror, ao abrir seus olhos embaçados de lágrimas e água da chuva, viu à sua frente a sinistra figura de seu interlocutor.

Era aquele gigante macabro que aparecia em seus sonhos. O titã de três metros de altura aplaudia, lenta e zombeteiramente. Permanecia descalço e de pé ante os olhos horrorizados do homem sentado. Este último estava paralisado de terror, sem deixar de observar que, no rosto do gigante, estavam os mesmos traços daquelas abomináveis estátuas de mármore.

O gigante, sem parar de aplaudir, começou a falar novamente com o homem sentado, que mal respirava pelo terror indizível que sentia diante da imagem à sua frente. Aquela presença parecia ter escapado do espaço onírico e agora estava diante dele, insuportavelmente vívida.

—Bravo, Andrei. Bravíssimo, —disse, sarcasticamente, o gigante, enquanto parava de aplaudir. —O velho antiquário e o doutor Hernán te deram a chave para voltar no tempo. Uma tempestade taquiônica. Quem diria que seres pequenos e insignificantes como vocês seriam capazes, algum dia, de usar um poder como esse.

O gigante balançou a cabeça, com condescendência.

—Então, o grande plano era "assaltar a você mesmo" e tomar posse da última estatueta, —continuou a criatura. —Até contratou alguns capangas para te ajudar. Muito inteligente. Mas, eu estive observando o tempo todo. Não há escapatória, Andrei. Você me pertence.

As luzes da praça piscaram até se apagarem, acompanhadas por um trovão enervante. Na escuridão absoluta, essa manifestação demoníaca que vinha em busca de Andrei continuava a falar com ele, de pé, à sua frente.

—Qual era o objetivo? Queriam criar uma espécie de dimensão paralela na qual o Andrei atual estivesse com sua família, para que o seu "eu" do passado não sofresse o mesmo que você? Uma linha do tempo em que sua família ainda estivesse viva, embora, para isso, você tivesse que romper o espaço-tempo?

O gigante deu alguns passos e se sentou, ao lado de Andrei. Inclinou-se para frente, olhando na mesma direção que o homem aterrorizado. Depois, sem mudar sua posição inclinada, girou a cabeça, buscando com seus olhos, completamente negros, o rosto estupefato de sua vítima.

—Esses truques baratos não funcionam comigo, Andrei, eu consigo ver os redemoinhos do tempo. Seu destino está definido desde o início deste universo. Você trará a terceira estatueta para mim. Não pode se livrar dela nem deixá-la para trás.

Sem parar de falar, o gigante voltou a ficar de pé, no mesmo lugar onde havia aparecido.

—Você foi incapaz de se deter. Não conseguiu tomar posse da estatueta. Seu estúpido plano fracassou e, em breve, o fio de sanidade que lhe resta se romperá e você será a ferramenta da minha vontade. Recuperará as chaves restantes, descerá aos abismos escuros até as portas do meu templo e me libertará.

A risada do gigante confundiu-se com o retumbar dos trovões.

—E sabe qual é a melhor parte? —continuou Gloón, com um tom zombeteiro. —Sua travessura no tempo me proporcionou duas versões de você. Ou seja, quando o "você" do futuro me libertar, ainda terei outra versão sua à qual farei perder a família novamente.

—Por que está fazendo isso comigo? Por que me tortura assim? —gaguejou Andrei, chorando.

—O metal não se purifica sem fogo. E o fogo dói, dói muito, Andrei. O que não compreende? Tudo faz parte de um processo. Você é especial, por isso te escolhi. Será parte do mais glorioso que o futuro verá.

O gigante olhou para o alto e estendeu os braços sob a chuva torrencial.

—Minha magnífica Atlântida surgirá das profundezas do oceano, com um brilho que vai chocar o mundo inteiro. Tantos conhecimentos, tantos saberes arcanos desaparecidos por milênios, reaparecerão para levar a Humanidade ao seu ponto máximo de esplendor, —a imponente figura começou a levitar até flutuar a dois metros do chão. —Meus escolhidos, purificados pelas minhas mãos, estarão à direita do meu trono. Os deuses do Olimpo não serão nada comparados ao que eu farei de você! Regozije-se, Andrei! Chore de dor agora. Amanhã, suas lágrimas serão de alegria. Receba suas lágrimas futuras diretamente do céu. Não sente seu sabor?

Em meio à escuridão que parecia engolir o mundo desde que a luz se apagou, um relâmpago caiu, revelando um vazio no lugar onde o gigante estava de pé diante de Andrei. Uma risada grotesca emergiu das trevas, fazendo o coração de Andrei revirar e se arrepiarem os cabelos da sua nuca.

Notou, com uma repulsa indizível, que a água da chuva que caía estava se tornando salgada. Olhou para as nuvens, escondidas na escuridão da noite, na direção de onde caía aquele repugnante dilúvio salino. E lá, sob a luz elétrica de um relâmpago, contemplou a imagem sacrílega de dois olhos abomináveis e descomunais entre as trevas da tempestade. Aquela chuva repulsiva não era mais que as lágrimas de tais monstruosidades, lá em cima no vazio.

A risada macabra de Gloón se desvaneceu com os gritos de pavor de Andrei.

Ele se encontrou acocorado no chão. Alguns vizinhos do parque haviam vindo ao local com curiosidade e intriga. Até pareciam sentir certa pena dele, talvez acreditando que Andrei era um pobre doente mental que tinha escapado dos cuidados de alguém.

Aquilo era real ou fazia parte de uma horrível alucinação? Era um sonho ou um pesadelo? Cada vez mais lhe era difícil distinguir o real do irreal.

Não. Estava acordado, lamentavelmente, porque, apesar de ter os olhos bem abertos e estar rodeado de pessoas reais, continuava ouvindo as vozes de sua família falecida. Sua esposa e filho lhe sussurravam ao ouvido que estavam junto ao Senhor da Atlântida e que em breve sua alma e corpo também estariam junto a eles.

—Senhor, precisa de ajuda? —perguntou-lhe uma garota de olhos dourados que não parecia ser afetada pela chuva torrencial. Mas, Andrei tremia, tapando os ouvidos. Deitou-se, no chão em posição fetal.

—Calem-se, parem de me atormentar, por favor! Parem de falar comigo! Vocês não podem estar aqui! — gritou Andrei, apertando os ouvidos. O atormentado homem não se dirigia às pessoas de boa vontade que o cercavam para saber que ajuda proporcionar. Embora pudesse vê-las, elas eram-lhes totalmente estranhas.

Suas exclamações de súplica eram dirigidas àquelas vozes que, supostamente, ele não deveria ouvir porque os que as proferiam estavam mortos. E isso doía.

Andrei levantou-se, como um enfermo comatoso que se ergue de sua cama após um tempo infinito de letargia. Sua aparência física e sua psique estavam muito diferentes do que tinham sido até há pouco.

Uma vez em pé, deu alguns passos vacilantes para frente. O pequeno grupo que o cercava afastou-se, temendo que Andrei fosse um louco perigoso. Um tempo depois, ele andava pelas ruelas escuras da cidade como um morto-vivo, mandando calar, em voz alta, as vozes que se multiplicavam dentro de sua mente e aterrorizando cada transeunte que cruzava seu caminho.

Assim, tapando os ouvidos, agarrando o cabelo e tropeçando, conseguiu chegar a um telefone público. Sentia que o fim de sua vida estava próximo. Sua consciência exigia uma última ação, mais de consolo do que de salvação, como o último desejo concedido a um condenado à morte.

Precisava ouvir aquela voz, mesmo que fosse pela última vez. A verdadeira, que chegava de fora e não de dentro de sua mente. A que conhecia melhor que qualquer outra, que sempre o fez muito feliz e que, agora, só ouvia no turbilhão em que sua consciência havia se transformado.

—Pai, é você? —finalmente ouviu de novo a voz da pessoinha que carregou nos braços, ao nascer.

—Meu filho! Não sabe a alegria que me dá ouví-lo, de novo, —disse ele, lutando para controlar as lágrimas que escorriam-lhe pelo rosto.

—Sim, eu também. Há algo importante que quer me dizer?

—Eu só queria saber se você está bem. Faz tanto tempo que não falamos porque tem sido difícil coincidir com você.

—Sim, é verdade. Aqui estou bem. Você sabe, tem seu lado duro e estrito, mas, acabamos nos acostumando. Como está a mamãe?... Ei, você está chorando?

—O quê?... Eu... sim, filho. Choro de felicidade. Sua mãe está na Capital, mas, está bem por enquanto. Escute. Aconteça o que acontecer, a partir de agora, quero que saiba que te amo muito e que lamento não ter estado presente para você quando mais precisou. Algum dia, estaremos juntos, novamente, os três. Quem sabe se em um futuro melhor ou...

—Pai, você está me assustando. Por que está dizendo essas coisas? Está tudo bem com vocês em casa?

—O quê? Sim... claro. Por que não estaríamos bem, filho? É só que me senti um pouco sentimental ultimamente. Coisas de velhos. Não esqueça que cada dia que passa, sua mãe e eu esperamos, ansiosamente, o seu retorno. Afaste-se de lugares altos... ou profundos. Cuidado ao andar por essas montanhas.

—Agora, sério, você está me deixando preocupado. Há algo que está me escondendo e não quer me dizer. A que se refere com essas coisas? Do que se trata tudo isso?

—Eu te amo, meu filho. Lembre-se, sempre, de que...

Um trovão fez um estrondo enorme. O raio caiu muito perto, provocando o piscar constante dos postes e o corte permanente da chamada telefônica. Andrei, cheio de raiva e tristeza, começou a gritar e a golpear descontroladamente o telefone e as paredes rabiscadas da cabine, amaldiçoando Gloón e as vozes que desta vez ouvia mais fortes do que antes.

Sentado no chão em frente à cabine, Andrei voltou a chorar, desconsoladamente, enquanto os transeuntes, esquivos, o olhavam com repulsa. Começou a chover de novo. Andrei não parava de bater na cabeça e gritar, espantando e amaldiçoando as vozes que não paravam de atormentá-lo, repetidamente.

Até que ouviu uma voz que não vinha dele, nem dos pedestres assustados na calçada, nem dos que se abrigavam na parada. Surgia como um eco surdo das profundezas de sua mente destroçada. Reconheceu perfeitamente aquela voz maligna e eternamente zombeteira que, com um forte "Silêncio!", calou todos os outros espectros sussurrantes, como se tivesse autoridade sobre eles.

—Vamos, é hora de recuperar o resto das chaves, —a voz conhecida do gigante fez ato de presença em seu subconsciente. —Vamos ao escritório do doutor Hernán. Graças ao meu "mensageiro" anterior, sei que ele esconde as estatuetas lá. Aquele maldito CDF e seu velho amigo, o intrometido antiquário ibérico, já interferiram demais em assuntos maiores que eles mesmos. A primeira coisa que farei quando estiver livre será fazer-lhes uma visita agradável...

—Não permitirei que...

—Já estou cansado do seu lado heroico! —bradou o gigante. —Pertenço a uma estirpe de deuses. Quando chegamos aqui a tua miserável espécie nem rastejava pela superfície deste planeta. Temos tanto, mas, tanto poder, que seus pequenos cérebros humanos nos tomam por divindades. Chegou a hora de mostrar-lhe uma parte do meu poder.

Andrei sentiu como se um raio o atingisse na parte superior do crânio. Uma intensa corrente elétrica percorreu cada nervo e fez cada músculo de seu corpo estremecer em um espasmo. O homem se levantou e começou a andar com passos largos. Já não controlava seu corpo físico.

Quando Andrei recobrou a consciência, estava em frente à porta de carvalho do escritório do doutor Hernán. Na penumbra, conseguia distinguir na madeira as linhas brilhantes que formavam o símbolo protetor. Desta vez, não sentia a sensação de tranquilidade e segurança, mas, sim de incômodo e até dor. O controle que Gloón exercia sobre seu corpo era grande demais. O arcano repelia a criatura impura em que ele estava se transformando.

—Vamos ver do que o corpo de um predestinado é capaz quando tocado pela graça de um deus, —ressoou a voz de Gloón dentro de sua mente.

Com um violento pontapé, Andrei arrancou a porta do robusto marco e a arremessou voando pelo cômodo até que colidiu com um estrondo contra a escrivaninha. Os dois objetos ficaram totalmente destruídos em um caos de estilhaços, metal e papéis.

Andando rigidamente, a marionete de carne avançou até a estante de onde o doutor Hernán tinha extraído as pequenas caixas de cristal rosado. Com um golpe, derrubou os livros até expor um cofre embutido na parede. Sobre o aço da portinhola, brilhava o símbolo protetor.

Os dedos do homem dominado pelo Senhor da Atlântida enterraram-se, no metal como se fosse papelão molhado. Com um puxão feroz, a porta foi arrancada e o conteúdo do cofre ficou exposto. Andrei esmagou as caixas de cristal como se estivesse quebrando amêndoas. Guardou as duas estatuetas nos bolsos da sua capa de chuva e abandonou o local com passos rápidos.

Andrei teve o próximo lampejo de consciência enquanto soltava as amarras de um iate de luxo.

"Odisseu" conseguiu ler com dificuldade as letras escritas no casco da embarcação. "Puerto de Antilla" emergiu do fundo de sua memória, mas, logo se perdeu em um redemoinho de caos e escuridão.

—Vamos, quero que aprecie este momento com todos os seus sentidos.

O cheiro de maresia inundou o olfato de Andrei. Desta vez, não era uma alucinação. Seus olhos perceberam o horizonte infinito do oceano profundo e o céu cinzento.

—Gloón, eu juro que você vai pagar caro por tudo o que arrancou de mim...

—Por que você se apega a uma vida tão medíocre, em uma forma tão inferior, quando está prestes a alcançar a apoteose? Junto a mim, você deixará de ser um simples mortal. Tiraremos o resto da sua espécie da ignorância e iniciaremos uma nova era de grandeza sob o reinado da minha vontade.

—Que grandeza você pode oferecer, verme...?

A figura do gigante se manifestou, flutuando no ar em frente a Andrei.

—Para ser sincero, —disse implacável, —toda a diversão de torturá-lo ao longo desta semana teria desaparecido se eu tivesse dito a simples frase "VENHA A MIM".

Com essas palavras, uma espécie de interruptor pareceu ativar-se dentro do subconsciente de Andrei. O que restava de seu ser e personalidade foi afundado nos abismos do nada.

Toda emoção desapareceu do rosto do homem, dando lugar a uma máscara fria e inexpressiva. Os olhos se tornaram duas bolhas vítreas de um azul muito escuro onde deveriam estar as pupilas. Toda a pele adquiriu uma tonalidade verde azulada e se cobriu de uma mucosidade pegajosa e doentia. O corpo, que apesar da tortura da última semana ainda mantinha certa forma atlética, se arqueou em curvas obscenas e repugnantes. O que tinha sido um homem era agora uma criatura espantosa vestindo uma capa de chuva.

O Corruptor da Carne regozijou-se de seu trabalho. Poderia tê-lo feito antes, mas, Gloón era perverso e desfrutava com sadismo ver como suas torturas desgastavam lentamente os humanos. Em breve, todo este mundo seria seu para desfrutar à vontade.

—Agora, deixe-se abraçar pelos frios braços do oceano. Venha ao Templo da Sabedoria, na cidade de belas praças. Traga as chaves, que no que agora está inerte e escuro amanhã haverá força e luz.

Respondendo ao estalar dos dedos do gigante, o que tinha sido Andrei saltou pela borda do iate e afundou-se nas escuras águas profundas.

A criatura nadou durante horas, imune ao frio e à pressão esmagadora, até que finalmente alcançou a cidade submersa.

Guiado pelo chamado do Senhor da Atlântida, chegou ao Templo-Prisão e flutuou em frente à titânica porta circular. Três nichos vazios aguardavam que as respectivas chaves fossem depositadas neles.

O ser transformado retirou do bolso da capa de chuva a primeira estatueta e, com repulsivos movimentos ondulantes, a depositou no receptáculo que apontava para o Poente. O mármore brilhou com uma luz esverdeada doentia e um mecanismo se ativou na porta circular, fazendo girar um enorme anel onde começaram a pulsar estranhos e arcaicos símbolos.

A criatura nadou até o nicho do Leste e colocou nele a segunda chave, que se acendeu com a repugnante cor verde. Um novo anel cravejado de símbolos começou a rodar na porta.

No interior do Templo, Gloón vibrava com uma alegria que não sentia há milênios. Estava particularmente feliz porque a peripécia de viajar ao passado que aquele humano tinha feito lhe permitiria torturá-lo novamente de formas ainda mais rebuscadas. Além disso, agora tinha à disposição dois corpos de predestinados. Se com apenas um deles e estando preso naquele lugar tinha conseguido tanto, tremia de antecipação ao pensar no que poderia conseguir com um par deles e desfrutando de plena liberdade. Só faltava que a terceira chave fosse colocada em seu lugar.

Lutando contra a correnteza de água que o rápido giro do mecanismo gerava, o que tinha sido Andrei nadou até ficar em frente ao receptáculo no alto da porta. Levou a mão ao pescoço para pegar a última chave. Quando a escorregadia pele coberta de mucosa tocou a estatueta, o objeto se acendeu com uma intensa luz branca. Os olhos mortos da criatura resplandeceram, claros, na escuridão abissal.

—Gloón, Senhor da Atlântida, Corruptor da Carne, Verme abjeto! —ressoou na mente do deus aprisionado. —Subestimar os humanos será sua ruína.

Aquela era a voz do Andrei.

—Com a sabedoria acumulada durante gerações, o doutor Hernán e o antiquário Sánchez elaboraram um ritual para alterar as características da estatueta. Modificaram o complexo feitiço da chave para que, em vez de abrir esta porta, reforce o selo, impedindo que sua nefasta influência se infiltre fora de sua prisão.

—Impossível! Como...?

—Minha viagem ao passado foi para fazer a troca. Aquela cena de perseguição foi apenas para enganá-lo. Eu já havia trocado a estatueta por uma cópia inofensiva no momento da minha "queda". Enquanto você vigiava o Andrei do passado, eu, oculto por uma versão reforçada do símbolo arcano de proteção, apliquei à estatueta o feitiço modificador. Aceite sua derrota, Gloón!

Andrei aproximou a chave branca do receptáculo.

—Espere! —gritou Gloón, desesperado. Sentia que o estratagema daqueles humanos imundos tinha uma falha, mas, a gravidade da situação não lhe permitia vê-la com clareza, precisava ganhar tempo. —Se me selar agora, o vínculo que tenho com você será cortado e você perderá os benefícios da minha bênção. Seu corpo será destruído pelo frio e pela pressão do oceano. Não sobreviverá para ver novamente sua mulher e seu filho.

Andrei parou a mão com a chave a centímetros do nicho.

—Gloón, você matou minha mulher e meu filho e me torturou com alucinações de seus corpos mutilados durante uma semana. Esse sofrimento me temperou como o fogo tempera o aço. Foi por isso que consegui suportar a agonia impossível da tempestade taquiônica.

É provável que eu morra aqui, mas, o Andrei do passado poderá se livrar de sua influência maldita. Alguns sacrifícios são necessários para garantir o futuro.

—É isso! —gritou o Senhor da Atlântida alcançando a resposta que buscava. —A chave do futuro...!

Mas, Andrei, com um movimento rápido, inseriu a estatueta modificada no receptáculo. O círculo central da porta começou a girar no sentido contrário aos outros e seus símbolos brilharam com luz branca. Pouco a pouco, o mecanismo inverteu sua rotação e todos os símbolos brilharam em branco. A porta emitiu um forte clarão e ficou imóvel e escura.

"Agora, Corruptor da Carne, você está isolado do mundo exterior, preso em seu Templo da Sabedoria. Será o motivo de riso e a vergonha de todos os de sua estirpe!" pensou Andrei antes que o frio e a pressão do abismo caíssem sobre ele.

"Estamos de volta com novas notícias. Desde as primeiras horas da madrugada de hoje, as autoridades locais estão na biblioteca da cidade devido a uma denúncia de arrombamento e roubo. Durante a madrugada, o guarda noturno que cuidava do local avistou a presença do intruso quando este já fugia do local. O vigilante reportou imediatamente o caso à polícia."

"Foi registrada a extração forçada de duas figuras arqueológicas de mármore de um cofre pertencente ao doutor J.R. Hernán e também severos danos a documentos antigos que datam da Primeira Guerra Mundial. Até agora, o notório doutor não deu mais detalhes relevantes sobre os objetos desaparecidos."

"Enquanto isso, o iate de recreio do senador Paulo R. Santeiesteban também foi roubado dos cais de Puerto de Antilla durante a madrugada de hoje. Testemunhas oculares afirmam que a embarcação, famosa por sua velocidade, partiu em direção ao Leste. Permanece incógnito o paradeiro do *Odisseu*, nome dado ao veículo do político. Teme-se que o iate possa ter naufragado devido ao mau tempo."

"E falando de mau tempo, duas noites seguidas de fortes tempestades deixaram..."

Andrei pressionou o botão de ligar/desligar do controle remoto da TV. Era cedo demais para ouvir más notícias. Já tinha tido o suficiente no dia anterior, quando alguns malandros tinham tentado assaltá-lo em plena rua para roubar a curiosa estatueta que ele tinha encontrado naquela manhã. Para piorar, seu filho tinha recebido uma estranha chamada durante a noite. Por sorte, sua esposa voltaria hoje da Capital.

Atendeu ao telefone enquanto preparava algumas torradas com geleia.

—Sim, quem fala? Ah, sim, o senhor Sánchez, o antiquário... Ah, que bom que conseguiu informações sobre a estatueta que lhe mostrei. Como? Há um cliente seu interessado em comprar a peça? E está disposto a pagar uma boa quantia por ela? Muito bem. Passarei por sua loja mais tarde, depois de passear pela praia. Nunca se sabe o que a maré pode trazer depois da tempestade. Até logo.

Andrei desligou o telefone e mordeu sua torrada com geleia. Estava deliciosa.

O velho antiquário desligou o telefone.

—Parece que nosso amigo do futuro teve sucesso em sua missão, —comentou o doutor Hernán enquanto tamborilava na tampa de uma caixinha de cristal rosado que repousava sobre o balcão.

—Esperemos que sim, —respondeu o velho enquanto colocava as luvas de camurça preta com o estranho símbolo prateado no dorso.

O antiquário foi mancando até o fundo da loja e voltou com uma pesada valise metálica. Colocou o objeto sobre o balcão e começou a girar as cifras nas fechaduras.

—Se nosso amigo do presente aceitar nos vender sua peça, ela pode ser bastante útil para despistar possíveis interessados. O material para criar essas réplicas é quase impossível de encontrar, —disse o médico, aproximando a caixinha de cristal do antiquário. —Não é por reclamar, mas, que "presente" nosso amigo do futuro nos deixou.

As fechaduras da valise abriram-se com um clique.

O velho pegou a caixinha e a olhou contra a luz. Dentro havia uma estatueta de mármore com um cordão.

—Às vezes, encontramos coisas e às vezes as coisas nos encontram, —disse o antiquário, com seu carregado sotaque galego, colocando a caixinha na valise metálica. —A esta altura, querido doutor, você já deveria saber que, neste ramo de trabalho, a salvação nunca está garantida, —e fechou a valise, com um estalo.

O JARDIM DOS OSSOS NEGROS

Na periferia da cidade, exatamente no centro,
fica o extenso Jardim dos Ossos Negros,
único lugar escondido na Carcosa dos sonhos
onde o céu amarelo permite ver o Universo.

É ali, sob cem luas e mil estrelas morrendo,
Quando Algol brilha três vezes sobre o lugar cinzento,
que o Rei Amarelo canta sua efêmera nana eterna,
Colhe os melhores frutos e solta as sementes ao vento.

Com passos doloridos, o alquimista percorria os caminhos labirínticos do Jardim dos Ossos Negros. Seu corpo esquelético estava envolto em trapos desgastados pelos rigores de mil viagens. Seus pés, cansados e feridos por andar distâncias imensuráveis e percorrer inúmeras dimensões e planos de existência, arrastavam-se pelos caminhos pavimentados com cascalho fino e cinzento, sem deixar vestígios no estranho material.

Alguém com uma vontade um pouco mais fraca, com um conhecimento um pouco menos sólido já teria se quebrado, há muito tempo. No entanto, a motivação deste homem tinha a intensidade ardente de uma estrela e a rigidez inflexível de uma obsessão. Ele não pararia até alcançar seu objetivo.

A figura cadavérica parou e balançou a cabeça. Qualquer eventual testemunha poderia ter pensado que o homem, dilapidado, estava observando as desconcertantes pilhas de ossos negros espalhadas, aleatoriamente, pelo local.

Aquelas coisas eram dignas de atenção.

A figura cadavérica parou e balançou a cabeça. Qualquer eventual testemunha poderia ter pensado que o homem, dilapidado, estava observando as desconcertantes pilhas de ossos negros espalhadas, aleatoriamente, pelo local.

Dispostas num equilíbrio impossível e com alturas variadas, eram compostas por elementos com aspecto geral de ossos, mas, com uma textura sobrenaturalmente polida e uma cor abissalmente negra. Dentro de cada um dos ossos, pontos de luz de cores estranhas e variáveis se movimentavam vagarosamente.

Uma boa parte das pilhas eram, claramente, de ossos humanos, o resto era, sem dúvida, de origem alienígena. Porém, todos os conjuntos tinham uma característica em comum, os crânios tinham o mesmo formato desconcertante, com uma placa lisa e sem furos no lugar da face e três aberturas na parte superior do crânio.

Contudo, o alquimista não olhava para esses objetos alienantes. Seus olhos estavam fechados. Ele escutava.

No ar do jardim flutuava, hipnótico, um som suave e perturbador, como o canto da morte de uma baleia azul fazendo vibrar o rególito da lua. Era uma canção de ninar que, ao mesmo tempo, não continha palavras e era inteligível em todas as línguas do universo. Era a canção do Senhor de Carcosa.

Guiado pelo som, o alquimista corrigiu sua rota.

Depois de uma marcha que parecera infinita, os caminhos tortuosos levaram o caminhante à esplanada central onde, rodeado por inúmeras pilhas de ossos, estava o Rei Amarelo. Envolto em seu manto dourado, o monarca olhava para o céu com a cabeça e o rosto cobertos pelo capuz do manto. Seu brilho tingia com um tom amarelado os ossos escuros perto dele.

Ele cantava a sua alienante canção de ninar.

—Hastur! —gritou o alquimista e sua voz ecoou no local como lâminas de obsidiana caindo em um desfiladeiro. —Segui as pistas enganosas, encontrei os tomos proibidos e decifrei o conteúdo arcano para encontrar sua cidade. Atravessei as estradas alienantes de Carcosa para encontrar o seu jardim. Entortei os fluxos do Tempo para chegar no momento certo.

Atravessei, distorci e manipulei a própria Criação para encontrar você aqui e agora.

—Você sabe, pequeno mortal, —as palavras do Rei Amarelo formaram-se na mente do Alquimista e abalando cada fibra do seu ser, —por que mantenho o céu deste lugar limpo e claro? —a figura imponente manteve o olhar nas alturas, onde as estrelas brilhavam geladas. —É para saber quando chegar a hora da colheita. —Ele apontou com um dedo indicador desconfortavelmente longo para um ponto do universo. —O brilho de Algol sempre me avisa quando os frutos estão prontos para serem colhidas.

O monarca dourado baixou vagarosamente a mão e virou-se para o recém-chegado. Era uma presença aterrorizante, capaz de desintegrar a consciência dos mais fracos ou menos preparados. Seu peito, onde o manto não cobria, era um caos de faixas ou talvez bandagens que pulsavam num ritmo estranho e pouco natural. Entre o capuz e a máscara, onde deveria estar o rosto, abria-se um abismo de escuridão. Sua voz, suave e alienante, ressoou novamente dentro do crânio do homem.

—Mostre-me sua semente, aquela que guiou seus passos até aqui e me diga o que você quer, pequeno mortal. Conhecimento profundo e proibido? Prazeres além da compreensão? Nos seus olhos vejo que as riquezas materiais deixaram de lhe interessar há muito tempo, então, me diga, pelo que seu coração anseia?

—Pelo que meu coração anseia...? —o homem abaixou-se olhando para o chão, colocando as mãos dentro dos farrapos da sua vestimenta. —Meu único desejo...—o alquimista levantou abruptamente a cabeça e olhou para seu interlocutor. Seus olhos brilharam de fúria, –é vingança!

O silêncio flutuou sobre o jardim sombrio.

—Ela era alegre, —rosnou o alquimista, —inteligente e bonita, até encontrar sua maldita "semente". Naquele momento, sua mente foi envenenada pelo sinistro signo amarelo. Em muito pouco tempo, o desejo de chegar a esta maldita cidade absorveu cada um dos seus pensamentos e nada mais lhe importava. Ela sacrificou tudo para encontrar o caminho até aqui.

Os dentes do homem rangiam de raiva. O que brilhava em seu rosto poderiam ter sido amargas lágrimas.

—Meu primeiro pecado foi não tentar impedi-la. Depois de perdê-la, procurei por ela. Segui seu rasto até os salões decadentes de Carcosa, mas, quando a encontrei, ela era apenas uma sombra do que tinha sido. Naquele momento, jurei que o causante desse infortúnio pagaria muito caro pela dor que tinha causado.

A figura emaciada levantou-se em toda a sua altura.

—Com cego fervor comecei a procurar os meios de realizar minha vingança. Busquei o conhecimento escondido em textos proibidos, me infiltrei em bibliotecas que mais pareciam fortalezas para tomar notas diretamente das páginas amaldiçoadas do Necronomicon, me perdi nas areias escaldantes da Arábia para ler os papiros mofados escondidos nos porões da Cidade sem Nome, respirei poeira radioativa enquanto consultava os registros esquecidos nas intermináveis torres da Cidade Morta de Korad. Acumulei conhecimentos que poucos conseguem possuir e, mesmo assim, não encontrei nada capaz de causar o menor dano a um ser como você.

O homem babava de raiva enquanto falava.

—Até que minha viagem chamou a atenção de quem eu menos esperava. Uma noite, aos pés do imponente Kadath, enquanto lavava o sangue de minhas mãos em um pequeno riacho de águas iridescentes após uma incursão desastrosa para obter um grimório nas Terras Oníricas, fui agraciado com uma audiência com o próprio

Nyarlathotep e, da boca do próprio Caos Rastejante, vieram instruções sobre como fazer você pagar o preço pelo que tirou de mim.

O alquimista extraiu de sua roupa uma máscara de cores impossíveis e uma longa adaga preta. Símbolos brilhantes de destruição e ruína percorriam a lâmina recurvada da arma. Lentamente, o homem cobriu o rosto com a máscara e gritou.

—Foi difícil obter os materiais e ainda mais difícil entrar nas oficinas profundas de R'lyeh para forjar esses objetos, mas, não há custo, por mais alto que seja, que eu não esteja disposto a pagar para puni-lo pelo que você tirou de mim.

—Ah, pequeno mortal, —disse, suavemente, o Rei Amarelo, —todos aqueles que chegam a Carcosa o fazem movidos pelo intenso desejo de saber. —Não obrigo ninguém a vir e muito menos a ficar, se a sua amada decidiu se juntar ao meu rebanho, foi por vontade própria...

—Silêncio! —o alquimista rugiu e apontou a adaga afiada para o monarca dourado. —Para forjar esta lâmina usei sua maldita semente e o mesmo material de que são feitas as flautas que mantêm adormecido o Senhor de Todas as Coisas. O encantamento de destruição e ruína embutido em sua lâmina foi transmitido a mim pelo próprio Nyarlathotep. Com ela vou silenciar você até o final desta Criação. Sua hora chegou, Hastur!

—E o que te faz pensar, pequeno mortal, —ronronou o Senhor de Carcosa, —que você é capaz de tal façanha?

Como um raio dourado, a figura alta do Rei Amarelo cruzou a distância que o separava do alquimista. Seu braço implacável perfurou o peito do homem, até que sua mão de dedos longos projetou-se das costas da figura ruinosa.

Então, o ser primordial sentiu algo que não experimentava há eras: Surpresa.

A forma que começava a desintegrar-se diante dele não era de carne mortal, mas, de fumaça e poeira fina. Ele tentou retirar o braço, mas, uma força estranha e firme o impediu de fazê-lo.

Um braço ossudo apareceu por trás dele e cravou a lâmina recurvada da longa adaga preta no peito de Hastur. Com um passo rápido o alquimista ficou na frente do Rei Amarelo e empurrou a arma até a guarda, cortando as estranhas tiras que balançaram desesperadamente no ar. O homem rosnou com os dentes cerrados, enquanto girava a lâmina no ferimento.

—Volte para as profundezas do sonho de Azathoth, de onde você nunca deveria ter emergido.

No paroxismo do seu triunfo, o alquimista sentiu que o Rei Amarelo lhe cobria o rosto e a cabeça com uma mão enorme e implacável e, com um único movimento fluido, envolvia todo o seu corpo no seu manto dourado.

—Ensinar aos mortais como fazer miragens de sombras materiais, ha, ha, aquele fanfarrão do Nyarlathotep está ficando cada vez mais travesso... — foram as últimas palavras que o homem ouviu na voz suave do Rei Amarelo enquanto sentia todo o seu ser sendo consumido por uma chama dourada de intensidade cósmica.

Com definitivo horror, o alquimista percebeu como a máscara que cobria seu rosto vaporizava a carne que estava por baixo dela até atingir os ossos de seu crânio que já estavam sendo deformados e remodelados, enquanto suas memórias e sentimentos mais preciosos eram sugados por uma força avassaladora e definitivamente arrancados dele. Ele tentou gritar, mas, já não tinha boca.

—Ah, —exclamou finalmente Hastur, abrindo a mão direita e observando as três pequenas pedras em forma de lágrima que havia nela, —os melhores frutos sempre produzem as melhores sementes, —ele soprou seu hálito nos objetos e o símbolo amarelo brilhou dentro de cada um. —Agora é só plantar e esperar a próxima colheita...

Com a mão esquerda, retirou a adaga cravada no seu peito e fez três cortes paralelos no ar noturno. Os cortes abriram feridas no próprio tecido da realidade pelos que filtravam-se diferentes luzes e aromas. Com cuidado e delicadeza, o Rei Amarelo colocou um objeto em cada uma das fendas e depois fechou-as com um movimento suave do seu longo dedo indicador.

Terminado o plantio, ele jogou a adaga para o alto. O objeto desintegrou-se em pequenos fragmentos de cascalho cinza que caíram suavemente, juntando-se ao calçamento dos caminhos do jardim. O Senhor de Carcosa começou a caminhar arrastando a sua longa capa amarela. Ele ainda estava cantando sua desconcertante canção de ninar.

No local do confronto, ficou uma nova pilha de ossos negros, de superfície sobrenaturalmente lisa. Era impossível definir se os pontos brilhantes que dançavam naqueles restos eram o reflexo das estrelas no céu eterno ou as últimas brasas, vestígios da chama que tinha ardido na alma daquele ser, empurrando-o a seguir os caminhos proibidos e levando-o a sua perdição.

Agora já não importava, o jardim tinha obtido outra pilha de ossos negros e a próxima colheita tinha sido plantada. O Rei Amarelo continuou a sua marcha pelas estradas labirínticas de Carcosa.

GLOSSÁRIO

Areíto: Cerimônias sagradas dos indígenas do povo *taíno*. A cerimônia consistia em cantos e danças acompanhados pelo som dos instrumentos indígenas.

Aroma: Também conhecida como *marabú* (*Dichrostachys cinerea*), é uma espécie de arbusto espinhoso, nativo de grande parte da África, Sudeste Asiático e Austrália. É uma espécie invasora na ilha de Cuba onde, por não ter inimigos naturais e ser de difícil erradicação, tem se espalhado por grandes extensões, invadindo terras de cultivo e pastagem. O terreno tomado por esta planta, assim como o emaranhado formado por estes arbustos são chamados de *aromales* ou *marabuzales*.

Batey: Nome dado as aldeias dos índios nativos das ilhas das Antilhas. Geralmente consistia em uma única fileira de construções em torno de uma praça circular. Atualmente se denomina *batey* às cidadezinhas em torno das usinas açucareiras.

Behíque: Entre os índios *taínos*, sacerdote e curandeiro. Pajé.

Cacimba: Em Cuba, denomina-se assim à cavidade natural nas rochas calcárias causada pela erosão. Podem chegar a ter grande profundidade e acumular água no fundo. Também são conhecidas como poços cegos.

Caguairán: Árvore da família *hymenaea*, também conhecida como *quiebrahacha*, caracteriza-se por ser de madeira muito dura.

Caney: Cabana circular, feita com folha de palmeira ou palha.

Catey: papagaio pequeno.

Conuco: Porção de terra que os índios *taínos* dedicavam ao cultivo.

Criollo: Pessoa nascida nos territórios das colônias espanholas nas Américas. Podia ser filho de espanhóis ou de pessoas de raça negra e não necessariamente ser mestiço. O termo, quando referido à pessoa, usa-se para indicar que o indivíduo nasceu nas Américas, ou seja, que não emigrou para o continente. Não é utilizado como termo depreciativo, pelo contrário, em muitos territórios de fala hispana, é motivo de orgulho.

Guayabera: Camisa masculina decorada com duas faixas verticais de pequenas pregas ou bordados, na frente possui dos bolsos na parte superior e mais dois na parte inferior, pode ser de mangas curtas ou compridas. Em Cuba é vestimenta nacional para os homens e podem substituir o uso de terno em cerimônias solenes.

Jutía: Mamífero roedor da família *Capromyidae* abundante nas Antilhas. Dependendo a espécie pode ter tamanhos similares a uma ratazana ou um coelho.

Mayohuacán: tambor de madeira com fenda tocado pelo povo indígena *taíno*. O instrumento era tocado durante cerimônias sagradas, mais notavelmente o *areíto*.

Majá: (*Chilabothrus angulifer*) Serpente constritora não venenosa endêmico de Cuba e algumas outras ilhas do caribe. Geralmente cresce até quatro metros de comprimento e 25 cm de diâmetro no meio do corpo. Em Cuba, de maneira geral, se usa a palavra *majá* para se referir a qualquer serpente grande.

Mogote: Elevação proeminente e isolada do terreno. O termo é frequentemente utilizado para descrever acidentes geográficos deste tipo ocorridos no Caribe, em ilhas como República Dominicana, Cuba e Porto Rico. São elevações de rocha calcária que geralmente aparecem em regiões de chuvas tropicais ou subtropicais.

Pitirre: (*Tyrannus cubensis*) espécie de pássaro. É endêmico em Cuba e atualmente está ameaçado de extinção.

Romerillo: (*Bidens alba*) Planta herbácea muito comum em Cuba. As flores têm uma fila de pétalas brancas em torno de um centro amarelo. É considerada uma planta medicinal.

Taínos: Povos indígenas pré-colombianos originários das Antilhas.

Villas: Como parte do processo de colonização da ilha de Cuba os espanhóis fundaram assentamento fixos chamados de *villas*, entre as sete primeiras estava a *Villa* *de San Cristóbal de La Habana*, atualmente La Habana e a *Villa de la Santísima Trinidad*, atualmente Trinidad.

Este livro faz parte do projeto *Silex Draconis*, que se dedica à produção e promoção de material de Fantasia, Ficção Científica e Horror/Terror. Aqui, você encontrará histórias divertidas que transportam o leitor para mundos distantes da rotina.

Você pode nos seguir em nossas redes sociais:

 Silex Draconis 

www.facebook.com/profile.php?id=100092486635754&mibextid=ZbWKwL

 @silexdraconis 

www.instagram.com/silexdraconis

 @SilexDraconis 

www.youtube.com/@SilexDraconis

Mais publicações do projeto *Sílex Draconis*:

Aurória. As Crônicas não Contadas. Volume I.